현세귀환록

현세귀환록 6

초판 1쇄 인쇄일 2015년 6월 16일 | **초판 1쇄 발행일** 2015년 6월 18일

지은이 아르케 | **펴낸이** 곽중열 | **담당편집 팀장** 이범수
편집부 신연제 이윤아 김호성 김은경

펴낸곳 (주)조은세상 | 출판등록 제 2002-23호
주소 경기도 연천군 미산면 청정로 1355
TEL 편집부 02)587-2966 | FAX 02)587-2922
e-mail bukdu@comics21c.co.kr

현세귀환록

아
르
케
현
대
판
타
지
장
편
소
설

NEO MODERN FANTASY STORY & ADVENTURE

現世
歸還錄

6

북간두

CONTENTS

NEO MODERN FANTASY STORY & ADVENTURE

現世
歸還錄

1장. 투항

NEO MODERN FANTASY STORY & ADVENTURE

현세귀환록

1장. 투항

　"강훈아, 오빠는 아무 일 없는 거지?"

　"네, 누나. 형님께 무슨 일이 생기겠어요."

　최강훈은 강민의 걱정을 하는 강서영을 달래주면서도 내심 웃음이 나왔다. 강서영과 한미애만이 이런 걱정을 할 수 있을 것이라는 생각이 들었기 때문이었다.

　"그래도…."

　강서영이 걱정하는 것은 다른 이유가 아니었다. 강민과 유리엘은 돌아오지 못했고, 그나마 돌아온 최강훈과 스페셜팀은 전투를 치른 흔적이 역력히 남아 있었기 때문이었다.

　그녀의 걱정을 덜기 위해서 옷은 갈아입었지만, 모든 흔적을 감출 수는 없었기에 벌어진 상황이었다.

별 일 없다는 최강훈의 말에도 강민이 돌아오는 시간이 지연되면 될수록 그녀의 걱정은 더해갔다.

계속되는 강서영의 그런 모습에 최강훈은 그녀의 양팔을 잡으며 강한 어조로 말했다.

"누나, 형님은 누나가 생각하는 것 보다 훨씬 강한 사람이에요. 이 지구상에 형님에게 위해를 끼칠 수 있는 존재가 있으리라는 생각조차 들지 않을 정도로 강한 사람이니, 너무 걱정하지 마세요."

말을 마친 최강훈은 그녀의 팔을 놓지 않고 진지한 얼굴로 그녀의 눈동자를 가만히 바라보았다.

강서영도 그런 최강훈을 마주보았는데, 그녀가 보기에도 최강훈의 눈에는 강한 믿음이 담겨 있었다. 필시 강민에 대한 믿음인 것 같았다.

그런 그의 믿음에 강서영의 눈에 서린 걱정도 살며시 사라져갔다. 강민의 강함은 아직 한번도 본적이 없었지만, 최강훈의 무력은 스페셜팀과 대련하는 것을 수차례 보면서 어느정도 가늠하고 있었다.

그런 최강훈이 강민을 상대할 자가 아무도 없다고 단정적으로 말하자 강서영은 어느 정도 마음을 덜 수 있었다.

오빠에 대한 걱정이 사라지면서 강서영은 갑자기 지금 둘이 하고 있는 모습이 의식되었다. 이 상황을 모르는 사

람이 본다면 마치 키스하기 직전의 모습과도 같다는 생각
이 들면서 강서영의 얼굴이 붉어졌다.

최강훈 역시 붉어진 강서영의 얼굴을 보며 이 상황을 알
수 있었다. 그 생각이 듦과 동시에 그의 눈에는 강서영의
반짝이는 빨간 입술만 보일 뿐이었다.

연인관계가 된지는 꽤나 오래되었지만 스킨십에는 둘
다 익숙하지 못했기에, 이런 분위기는 거의 처음이라 할
수 있었다.

하지만 사랑하는 연인사이였기에 분위기만 된다면 스킨
십은 자연스럽게 이루어 질 수 있었다. 무언가에 홀린 듯
최강훈은 강서영에게 다가갔고 안 그래도 가까이에 있던
둘의 얼굴이 점차 붙기 시작했다.

갑작스러운 전개에 강서영은 다소 놀랬지만 어느새 그
녀의 눈이 스르륵 감기며 다가올 그의 입술을 기다렸다.
기다리는 몇 초 되지 않는 시간이 마치 한 시간이 넘는 것
같다는 생각을 할 때쯤, 둘의 입술이 맞닿았다.

최강훈과 강서영은 그 순간 시간이 멈춘 것 같다는 느낌
을 받았다. 순간이기는 하지만 어쩌면 영혼이 통하는 것고
같은 짜릿한 기분까지 들었다.

하지만 그 시간은 오래가지 못하였다. 강민 일행이 도착
했기 때문이었다.

"이거, 우리가 때를 잘못 잡은 것 같은데요? 호호호."

"흠…."

유리엘의 목소리가 들리자 둘은 서둘러 입술을 떼고 목소리가 들린 쪽으로 고개를 돌렸는데 둘 다 나이에 걸맞지 않은 순진함을 가지고 있다는 것을 보여주기나 하는 듯, 둘의 얼굴은 마치 홍당무처럼 붉어져 있었다.

"오… 오빠 왔어? 별 일 없었지? 몸은 괜찮고? 괜찮은 것 같네… 그… 그럼 나중에 봐!"

속사포처럼 말을 쏟아낸 강서영은 빨간 얼굴을 감추지도 못하고 돌아서서 방으로 들어가버렸다.

오랫동안 기다렸기에 강민에게 할 말도 있었을 것이고, 동행한 엘리아를 보고 궁금할 법도 한데 당황함이 더 컸는지 강서영은 별다른 말도 하지 않은채 자리를 비운 것이었다.

그나마 최강훈은 표정을 수습하며 강민을 맞이하였다.

"형님, 누님. 오셨습니까?"

"그래, 별 일 없었지?"

강민도 당황스러워하는 둘의 모습에 보며 굳이 조금 전 상황을 언급하지는 않고 자연스럽게 말을 받았다.

"그런데 이 자는…."

몇 시간 전까지 생사결을 펼쳤던 엘리아가 유리엘의 뒤에 조용히 시립해 있는 것은 최강훈에게 당연한 궁금증을 불러 일으켰다.

"여기는 엘리아다. 과거 유리엘과 인연이 있어서 앞으로 그녀를 따르기로 했으니 그렇게 알고 있어."

"아… 그렇군요. 처음…은 아니고 두 번째 뵙겠습니다. 저는 최강훈이라고 합니다."

"그렇네요. 두 번째 군요. 아까 전에는 서로 잘 모르던 상황이었으니 서로 앙금은 없도록 해요."

엘리아의 말에 최강훈은 낮에 있었던 전투에서 맞은 인페르노 블라스터가 생각이나 자신도 모르게 피격 부위를 더듬었다.

지금은 상처하나 없는 깨끗한 가슴부위였지만 맞은 당시에는 숨이 끊어질 것과도 같은 고통스러운 일격이었다.

"네, 각자의 입장이 다른 상황이었으니 앙금은 없습니다. 다만."

"다만?"

"괜찮으시다면 나중에라도 대련을 하고 싶은데, 어떻습니까?"

"대련? 좋지요. 저도 기대할게요."

엘리아 역시 그 때의 전투에서 행하였던 최강훈의 검격들이 떠오르며, 그와의 대련은 좋은 수련이 될 것이라는 들어서 흔쾌히 허락하였다.

"감사합니다. 다음번에는 저번처럼 그렇게 당하지는 않을 것입니다. 기대하시지요."

"기대되네요. 다만, 그 때 보여준 마법이 제 전부라 생각하지는 마세요. 그리고 유리님이 공간동결을 시키지 않았다면 오히려 제가 손쉽게 이길 수도 있었겠죠."

그녀의 말이 맞았기에 최강훈은 반박을 할 수가 없었다. 하지만 그의 두 눈에 서린 열기는 더 깊어졌다.

'하지만, 다음 번엔 다를 겁니다.'

이미 한번 졌기에 입 밖으로 내뱉지는 못했지만, 최강훈은 마음 속 깊이 앞으로를 다짐하였다.

❖

탁천군은 아직도 그 순간을 잊을 수 없었다. 갑작스럽게 자신의 앞에 나타난 제우스가 빛의 검에 뚫려서 웃으면서 죽는 그 순간을 말이다.

지금도 그때의 상황이 잠시 머릿속을 스쳐 지나갔다.

당시 탁천군은 집무실의 좌탁에 앉아서 차를 마시고 있었는데, 무엇인가가 자신이 펼쳐놓은 결계를 뚫었다는 것을 느끼고 벌떡 일어섰다.

하지만 이내 그 정체를 알 수 있었다. 낯익은 얼굴의 제우스가 지친 표정으로 그의 앞에 나타났기 때문이었다.

제우스는 열려있는 창문을 통해서 탁천군의 집무실까지 날아온 것이었다.

"제우스! 웬일인가? 번개화까지 펼치다니, 무슨 일이야?"

탁천군과 제우스는 이미 친분이 있는 사이었기에 제우스의 번개화에 대해서도 그 역시 잘 알고 있었다.

"휴~ 큰 일 날 뻔 했네. 여기가 그나마 안전할 것 같은 곳이라 이리로 왔어."

크게 한숨을 내쉬며 대답하는 제우스의 얼굴은 너무도 지쳐보였다. 번개화를 펼쳤다는 것 자체가 위기상황이었다는 반증이니, 그가 지쳤음은 어찌보면 당연한 일이었다.

"큰 일?"

탁천군의 물음에 제우스는 말을 이었다.

"죽을 뻔 했다는 이야기지. 아마 엘리아는 죽었을 걸? 특이한 공간이동은 더 이상 사용할 수 있는 상황은 아닐테니 말이야. 뭐 그년이 죽든 말든 나만 살았으면 됐지. 아, 물론 천군 당신이었다면 이야기는 다르겠지. 크큭."

애초에 엘리아와는 별다른 친분이 없이 필요에 의해서 함께한 사이였기 때문에 제우스의 말에는 거리낌이 없었다.

아니 평소 그의 성정으로 보아 엘리아가 아닌 탁천군이 같은 상황이라도 뒤에서는 비슷한 말을 했을 것만 같았다.

"무슨 말이야? 엘리아가 죽다니?"

갑작스럽게 나타난 제우스가 충격적인 이야기들을 이어서 털어놓자 탁천군은 황망해 하며 제우스에게 되물었다.

"하하. 그게 말이야…."

퍽!

웃으며 말을 이으려던 제우스의 가슴 가운데 빛나는 기둥이 보였다. 제우스의 가슴을 뚫고 나서는 빛이 사라졌는데, 드러난 형체는 한 자루의 바스타드 소드였다.

빛의 검에 꿰뚫리는 순간 영육의 연결이 끊겨 버렸는지, 웃는 채로 절명해 버린 제우스는 가슴에 박힌 검이 빛나면서 시신조차 남기지 못하고 검과 함께 사라져 버렸다.

그 때를 생각하면 탁천군은 아직도 온 몸에 오한이 들곤 하였다. 마스터급의 무술가이자 경지에 오른 술법가인 그로서도, 제우스를 절명케 한 그 빛의 검은 도무지 이해가 가지 않는 기술이었다.

그리고 그 검이 자신을 노리고 날아온다면 도저히 피할 수 있다는 생각이 들지 않았다.

'도대체 누구지? 누가 그런 경지의 무공을 펼치는 것이지?'

탁천군은 그 빛의 검이 마법이 아니라고 판단하고 있었다. 자연의 마나를 재단하는 것이 아니라 자연의 마나 그 자체에 가까운 성질이 마법사의 마법과는 사뭇 달라보였다.

그렇다고 정제되지 않은 각성자의 거친 마나와는 차원이 달랐다. 극도로 높은 경지에 오른 무공임에 틀림없었다.

빛의 검은 기이한 현기를 뿌리고 있었는데, 검강의 경지를 넘고 나면 그런 현기가 나오지 않을까 하는 추측이 들었기에 탁천군은 무공이라고 판단하고 있었다.

'독고맹주의 무공을 보았지만 이 정도 경지는 아니었어. 대체 누구지?'

탁천군은 자신이 아는 최고수들을 떠올려 보았지만 이 정도 기술을 쓸 수 있는 자는 아무도 없었다.

'긍정적으로 생각하자. 어쨌든 나와 같이 있었는데 제우스만을 공격했다면 나는 타겟이 아니라는 것인가?'

하지만 아무리 긍정적으로 생각하려 해도 상황상 그렇게 전개 되지 않을 가능성이 더 높았다.

'아니야, 그럴 리가 없지. 엘리아도 처리했다는 것은 다크스타의 수뇌부를 제거하려는 것이 틀림없어. 곧 내 차례라는 말인데… 음….'

탁천군은 스스로의 무력에 대해서 나름 자부심이 있었지만, 제우스를 죽인 그 빛의 검에는 여전히 두려움 밖에 들지 않았다.

제우스가 죽은지도 보름이 지났고, 그 사이에 제우스가 운영하던 사업을 알아보니, 불법적인 사업은 완전히 와해

되었고 합법적인 사업은 유니온의 손에 넘어간 것이 확인
되었다.

다크스타는 세 명의 수뇌부가 합작으로 해서 만든 조직
이었지만, 세 명이 협의하여 전체를 관리하는 것은 아니었
다.

각자의 영역에서는 개개인의 판단으로 조직을 움직이
고, 조직 전체가 대응해야 하는 상황만 협의를 하는 방식
으로 움직이는 조직이었다.

그렇기에 제우스와 엘리아가 사라진 이후에 그들의 영
역에서 다크스타의 활동을 알아보는 것에는 다소 시간이
걸렸다.

탁천군이 조사를 해본 결과 북미를 주요 거점으로 하는
엘리아의 리벤지와, 남미를 주요 거점으로 하는 제우스의
라이트닝 모두 와해된 것이 밝혀졌다.

특이한 것은 라이트닝은 제우스 사후에 유니온의 급습
으로 완전히 와해된 반면, 리벤지는 마치 유니온의 공습
을 알았다는 듯 상당부분이 공격을 피해서 잠적해버렸
다.

'이렇게 되면 주요 자금줄 중의 하나가 끊어진 것인
가? 마약 카르텔에서 들어오는 자금이 상당했는데 말이
야.'

제우스의 주요 사업 중의 하나는 멕시코와 콜롬비아 등

지에 있는 마약 카르텔이었다.

번개를 다루는 압도적인 무력을 통해서 제우스는 카르텔 사이에서 신적인 존재로 여겨지고 있었는데, 제우스의 사후에 유니온이 이 카르텔들을 공격하여 카르텔에 있는 이능력자들을 대부분 척살하여 버렸다.

이 카르텔에는 이능력자가 아닌 일반인 조직원들도 많았는데, 이들은 대부분 점조직으로 이루어져 있었다. 그렇기 때문에 소수 정예의 타격대를 운영하는 유니온이 이들까지 다 처리하기에는 손이 모자라는 실정이었다.

그래서 유니온은 이런 일반인 조직원들은 미국과 멕시코 정부를 움직여 척결에 나섰다. 각국 정부들도 이런 마약 카르텔을 없애는 것은 바라마지 않는 일이었기에 적극 협조를 하고 있었다.

결국 이런 조치들을 통해서 남미 쪽의 마약 카르텔은 완전히 붕괴되었다고 할 수 있었다. 어차피 수요가 있다면 공급은 따르겠지만 한동안 대규모 조직이 움직이기는 힘든 상황이었다.

지난 보름간 탁천군은 고민에 고민을 거듭하였다. 그 고민은 다크스타를 유지할 것인가에 대한 고민이었다.

제우스와 엘리아가 그렇게 가버린 이후 이제는 카오틱 에빌의 마지막 희망이라는 다크스타가 유명무실해져 버렸다.

한 달 전만 하더라도 위원회의 세력이 큰 유럽을 제외한 아시아 쪽과 아메리카 대륙은 다크스타의 주요 영역으로 위원회를 능가하는 세력을 보이고 있었다.

하지만 지금은 아메리카 대륙은 완전히 유니온에게 넘어가버렸고, 다크스타의 세력권이라 할 수 있는 곳은 탁천군이 이끄는 아시아 쪽 밖에는 없었다.

더군다나 아시아 쪽의 핵심이라 할 수 있는 중국은 무림맹이 강력한 조직력을 토대로 완전히 장악하고 있어, 탁천군의 세력은 중앙아시아와 동남아시아 및 중국의 서부 정도로 그치는 실정이었다.

그것만 해도 여전히 큰 조직이긴 하지만 더 이상 세계적인 규모의 조직이라 할 수는 없었다.

더군다나 제우스가 죽은 것은 보면 자신조차 언제 어떻게 살해당할지도 모르는 상황이었다.

'위원회에 항복을 해야 하려나…'

탁천군은 다크스타를 포기하고 위원회에 항복 할 생각까지 하고 있었다. 물론 자신의 모든 조직을 포기하는 것은 아니고, 불법적인 조직만 포기하고 합법적인 조직은 유니온의 규칙 안에서 운영할 것을 제시하는 정도로 생각하고 있었다.

위원회 역시 웜홀이 폭주하고 있는 상황에서 다크스타에게 쓸데없는 인력을 낭비하지 않아도 될테니 자신의 제의가 받아들여 질 가능성이 높다고 생각하였다.

자신이 죽는다고 해도 자신의 조직에게 미리 자살공격과 같은 동귀어진(同歸於盡)을 명하여 놓는다면 유니온과 위원회의 손실도 클 것이기 때문이었다.

'어차피 제우스도 엘리아도 다 죽은 마당에 나 혼자 이 조직을 이끌기도 힘들겠지. 마지막 남은 타겟이니 전보다 더 철저하게 대응할 테고… 흐음….'

고민에 고민을 거듭하던 탁천군은 문득 집무실의 창을 열어 마당에 있는 직경 3미터 정도 되는 바위를 바라보았다.

탁천군의 은신한 곳은 현대적인 건물이 아닌 전통 중국식 가옥이다 보니 집의 가운데 마당이 있었는데 그 곳에는 어울리지 않는 커다란 바위가 있었다.

장식용이라고 하기에는 너무 볼품이 없었는데, 그럼에도 불구하고 바위를 치우지 않고 있는 것이 이 바위에 무슨 의미라도 있는 것처럼 보였다.

한참을 물끄러미 바위를 바라보던 탁천군은 큰 한숨을 내쉬며 생각했다.

'뭐가 나오려고 이렇게 몇 년간 잠잠한 것이지? 그리고 저 바위는 또 뭐고. 나도 모르는 채로 봤다면 그냥 바위로 알았을 정도이니…. 후… 처음 기대한 정도 수준의 마인만 나왔어도, 좀 더 우위에서 협상을 진행할 수 있었을 텐

데… 어쩔 수 없지. 그래, 포기하자. 그게 낫겠어'

탁천군이 바라보는 바위에는 무슨 사연이 있어보였지만, 겉보기에는 이 바위는 특이한 점도 특별할 점도 없는 그냥 일반 바위였다.

마스터급의 능력자가 본다고 해도 이 바위에게서 특이점을 찾아내지 못할 것이었다.

바위를 보다 마음을 결정한 탁천군은 특이하게 생긴 휴대폰을 들어서 번호를 눌렀다. 요즈음 나오는 스마트폰과는 다른 초창기의 휴대전화와 흡사한 외양의 휴대폰이었다.

뚜~~ 뚜~~~ 뚜~~~

전화는 한참을 울렸고, 탁천군은 끈기 있게 기다렸다. 이삼분의 시간이 흘렀을까? 갑자기 전화에서 목소리가 들려왔다.

"천군인가?"

"네, 독고맹주님. 오랜만입니다."

"독고맹주라… 그래 오랜만이긴 하군. 이 전화로 통화한지도 벌써 3년은 넘은 것 같은데 말이야."

"5년이 다 되어가지요."

"허… 그리 되었나. 어쨌든 이 전화로 통화를 시도한 것을 보니 단순히 안부 전화는 아닌 것 같은데…."

"우리가 안부 전화를 할 사이는 아니지 않습니까. 독고맹주님."

위원회의 위원과 다크스타의 수장과 안부전화를 할 사이가 아닌 것은 명확한 사실이었다.

하지만 둘 사이에 뭔가가 있었는지 탁천군의 말에 독고맹주의 입에서 왠지 모를 한숨 소리가 나오더니 잠시의 침묵이 흘렀다. 그러나 이내 독고맹주는 목소리를 가다듬고 그의 말에 동의하며 물었다.

"휴… 그렇지. 그럼 무슨 일인가?"

"한번 만나 뵙고 싶습니다."

"만나고 싶다라? 무슨 의도인지 물어봐도 되겠나? 이제는 우리가 그냥 한번 만날 사이가 아닌 것은 자네가 더 잘 알테니 말일세."

독고맹주의 목소리에 잠시 뜸을 들이던 탁천군은 이내 말을 이었다.

"…다크스타를 포기하려 합니다."

"뭣이! 사실인가?"

독고맹주는 탁천군의 말에 놀랐는지 고함과도 같은 큰 소리를 내며 사실여부를 확인했다.

"네, 사실입니다. 맹주님도 아시다시피 엘리아와 제우스가 죽고 그들의 조직 역시 다 궤멸되었지 않습니까? 저 혼자서 버티는 것도 무의미하다고 생각했습니다."

탁천군의 말에 뭔가를 잠시 생각을 하던 독고패는 금방

생각을 마쳤는지 말을 이었다.

"흐음… 잘 된 일이군. 정말 잘 된 일이야. 그럼 우리 무림맹으로 들어올 것인가?"

"일단은 제 조직을 갖고 유니온의 소속으로 있지요. 아. 물론 불법적인 조직은 다 정리할 생각입니다. 유니온에 들어가려면 당연히 그렇게 해야겠지요."

"그래, 그렇지. 알겠네. 내가 위원장에게 임시 위원회 소집을 건의하지. 위원회에서 통과된다면 자네의 복권 역시 이루어 질 것이야. 불법적인 조직들을 다 포기한다면 내 생각엔 큰 무리가 없을 듯 하네."

"그렇다면 저야 다행이지요. 좋은 소식 기다리겠습니다. 맹주님."

❖

"그래서 독고맹주님은 그 자를 포용하자는 말씀인가요?"

"그렇소, 의장. 안 그래도 최근 웜홀이 폭증하고 있어서 인력을 다른 곳에 사용하기도 힘든데 굳이 항복하겠다는 자를 내칠 필요는 없지 않겠소?"

무림맹주 독고패의 의견에 동의를 하는지 위원회의 몇 몇 위원들은 고개를 끄덕이고 있었다.

물론 반대의 의견도 있었다. 은빛 갑옷의 60대 중년 기사였다.

　"하지만, 애초에 본성이 악한 사람을 단지 항복한다는 그의 말만 믿고 받아들인다는 것은 문제가 있습니다. 다시는 그런 조직을 만들지 못하도록 하는 금제(禁制)가 필요할 것입니다."

　금제라는 말에 또 다른 위원 몇몇은 이 의견에 동의하는 모습을 모였다. 그러나 금제를 한다는 말에 인상을 찌푸리던 독고패는 기사의 말이 끝나자마자 반박을 하였다.

　"베드로 단장. 어느 정도 수준의 금제를 말하는지 모르겠지만, 금제를 한다고 하면 항복이 아니라 결사항전을 할 수 있지 않겠소? 그렇게 된다면 피해가 만만치 않을 것이오."

　"그것은."

　"내 말 좀 더 들어보시오. 게다가 그들이 이판사판의 마음으로 일반인에게까지 피해를 입히기 시작한다면 지금 우리 위원회에서 추진하는 이능력자들에 대한 긍정적인 이미지를 심어주는 일에도 큰 차질이 있을 것이라는 말이오."

　"음…."

　첫 번째 근거에는 반박을 하려던 베드로는 두 번째 근거에는 어느 정도 동의가 되는지 바로 반박을 하지는 못하였다.

그러나 반대를 생각한 사람은 베드로만이 아니었다. 파라오 가면을 쓴 위원 역시 반대의 의견을 말한 것이었다.

"독고맹주님의 의견도 충분히 고려되어야 하는 점은 자명한 사실입니다. 다만, 이능세계에 큰 해악을 끼친 자를 단지 항복한다고 그냥 받아주는 것은 차후에 나쁜 전례가 될 수 있다는 점도 생각해봐야 할 것 같습니다."

베드로는 자신의 의견에 동조하는 의견이 나오자 반색하며 덧붙여 말했다.

"오시리스 제사장께서 중요한 말을 하셨소이다. 적어도 잘못에 대한 반성과 사죄가 이루어진 다음에야 유니온으로 편입시키는 것이 순서에 맞다는 것이지요."

독고패는 이런 의견들이 답답하다는 어투로 다시금 말을 이었다.

"위원들의 말이야 맞는 말이오. 하지만 그것은 우리가 완전히 그들을 제압했을 때의 이야기이고 지금은 상황이 다르지 않소? 물론 끝까지 간다면 당연히 우리가 그들을 제압할 것이지만, 불필요한 피를 흘릴 필요가 없다는 것이오. 그들이 동귀어진의 방법으로 나오기 전에 평화적으로 마무리 합시다."

계속해서 반복되는 말이 이어지는 것 같자, 의장이 좌중을 정리하며 말했다.

"몇몇 분들의 의견이 확고한 것 같습니다. 일단 표결에

붙여보지요. 다크스타의 투항을 받아들이지 말자 분은 거수해 주시오."

투항을 받아들이지 말자는 쪽 거수는 베드로 단장과 오시리스 제사장 둘 뿐이었다. 두 명을 확인한 의장은 다시 한 번 질문하였다.

"이번에는 투항을 받아들이자는 분들께서 거수해 주시지요."

의장의 말이 끝나자마자 독고패는 번쩍 손을 들었고, 루시페르의 로드 역시 조용히 손을 들었다. 이 외에도 리그베다의 호트리, 일루미나티의 회주까지 총 네 명이 거수를 하였다.

총 8인이었기에 과반수가 되기에는 한명이 모자랐다. 지금까지 거수하지 않은 자는 의장과 흰색 도포를 입은 70대 노인 뿐이었다. 노인을 바라보며 의장은 한 번 더 물었다.

"백가주께서는 이번에도 기권이시오?"

백가주라 불린 노인은 별다른 말없이 고개를 끄덕이며 동의를 표시했고 그것을 본 의장이 뭔가를 말하려는 순간, 독고패가 먼저 말을 꺼냈다.

"의장의 의견은 어떻소? 의장도 기권인 것이오?"

아슬하게 과반이 되지 못하자 아쉬운 표정으로 독고패가 말했고, 의장은 성급한 독고패의 말에 웃으며 대답했다.

"맹주의 그 급한 성정은 나이가 들어도 여전하구려. 안 그래도 이야기 하려고 했소. 나 역시 투항을 받아들이자는 쪽이오. 이렇게 되면 이번 안건은 과반수로 통과이지만, 베드로 단장의 의견은 물어봐야겠군. 단장, 어떻소? 거부권을 행사할 것이오?"

의장이 베드로에게 거부권에 대한 언급을 하자 그는 잠시 생각을 한 후 대답했다.

"거부권은… 행사하지 않겠습니다. 여러 위원들의 생각이 이렇다면 다소 불만은 있지만 따르도록 하지요."

베드로의 말이 끝나자 그를 뚫어져라 바라보고 있던 독고패는 만족한 듯 미소를 지으며 그에게 감사의 눈빛을 보냈다.

위원장 역시 큰 문제없이 안건이 마무리 되자 만족스러운 웃음을 지으며 말했다.

"허허. 좋소. 이렇게 되면 다크스타의 투항은 받아들이는 것으로 하지요. 그럼 유니온을 통해서 다크스타의 투항을 공식화 하겠습니다. 그럼 다른 의견 없으시면… 음? 아담 회주께서 할 말이 있으신가 보군요."

회의를 마무리하려는 의장의 말에 검은 로브를 둘러쓴 일루미나티의 아담이 손을 들었던 것이었다.

"결정에 이의를 제기하려는 것은 아닙니다만, 지금 엘리아와 제우스를 해치운 것도 퍼니셔라고 알려져 있습니다. 이런 상황에서 마지막 남은 탁천군이 우리에게 투항했다고 손을 떼라고 한다면 퍼니셔가 말을 듣겠습니까? 다들 아시겠지만 퍼니셔가 우리의 지시를 받는 것도 아니지 않습니까? 더군다나 우리 위원회와 퍼니셔는 직접 연락을 하는 사이조차 아닌데 말입니다."

타당한 의견이었다. 이능세계의 절대 권력을 유지하던 위원회인지라 지금까지는 그들이 지시를 하면 당연히 행하여지는 것이었지만, 퍼니셔는 위원회의 권력 밖에 있는 존재였다. 그들은 이 사실을 잠시 망각한 것이었다.

아담의 지적으로 그것은 인지한 의장은 잠시 생각하였지만 그 말이 맞다는 것은 인정할 수밖에 없었다.

"흠… 연락이야 유니온을 통해서 하면 되겠지만… 회주의 말처럼 그가 우리의 말을 들을지는 의문스럽군요."

반면 독고패는 자신이 원하는 대로 다 이루어졌는데, 마지막에 이렇게 걸림돌이 생기자 불쾌한 얼굴로 퉁명스럽게 입을 열었다.

"과거 헤이안을 처리했고, 이번에도 엘리아나 제우스를 처리한 것을 보면 그 개인의 무력이 출중하다는 것은 충분히 알겠소. 하지만 그 정도는 우리 상임위원들이면 혼자 나선다 해도 다 가능한 일이지 않소? 그런 일을 했다고 우리 위원회가 일개 개인에게 이렇게 끌려 다녀야 하는 것이오?"

"맹주, 그런 무력의 의미가 아니오. 단적으로 지금 웜홀 경보시스템만 하더라도 퍼니셔의 도움 없이는 불가능하다는 것을 잘 알고 있지 않소?"

의장이 웜홀 탐색기 이야기를 하니, 독고패로서도 할 말이 없는지 끄응하는 신음소리를 내며 입을 다물었다. 독고패가 입을 다물자, 의장이 한마디 말을 더 덧붙였다.

"지금은 퍼니셔에게 지시를 할 수 있는 상황이 아니라 오히려 우리가 퍼니셔의 사정을 봐주어야 한다는 말이오. 그런 점에서는 아담 회주의 지적이 정확한 것이지요."

"그럼 의장의 말은 이대로 우리 위원회가 퍼니셔에게 끌려 다녀야 한다는 말이오?"

"다른 것은 몰라도 웜홀 탐색기를 우리가 자체적으로 개발할 때까지는 어쩔 수 없지 않겠소?

둘의 말을 듣고 있던 아담이 나직하게 입을 열었다.

"의장님 말씀처럼 웜홀 탐색기를 퍼니셔가 계속 가지고 있다면 위원회가 그에게 아쉬운 소리를 할 수 밖에 없지요. 최소한 대등한 입장은 되어야 그가 갑작스럽게 탐색기에 관한 정보를 거두는 식의 행동은 하지 못하지 않겠습니까?"

"대등한 입장이라… 나도 그것을 바라고 있지만, 현재로서는 그의 정체조차 제대로 밝히지 못하고 있지 않소."

의장의 아쉽다는 말투에 아담은 한 템포 쉰 아담이 대답했다.

　"…정체는 확인하였습니다.

　"뭐요? 어떻게?"

　"나름 보안에 힘쓰고 있는 것 같지만 안에서 새는 정보까지는 어쩔 수 없겠죠. 벤자민의 측근을 통해서 확인하였습니다."

　"호오. 누구던가요?"

　"한국에 있는 KM 그룹의 회장 강민이었습니다."

　아담의 말을 들은 의장은 고개를 갸웃거리다가 말했다.

　"KM 그룹? 강민? 아. 과거 연금의 일족이라 추정되는 인물이 아니었던가요? 음? 그 사람은 퍼니셔와 마나파문이 다르다는 것을 확인하였는데…."

　"저도 그것 때문에 수차례나 확인하였는데, 결과적으로 강민에게는 마나파문 변조 기술이 있다고 판단하였습니다. 실제로 벤자민이 그런 말을 했다는 증언도 들었구요."

　"허어… 마나파문 변조까지…."

　"어쨌든 퍼니셔의 정체는 확인되었으니 그를 통제할 수 있는 수단을 갖추어야겠지요. 일어나서는 안 되겠지만, 지금이라도 그가 마음을 바꾸어 웜홀에 대한 정보를 제공하지 않겠다고 한다면 우리 이능세계에는 큰 일이 나지 않겠습니까?"

아담의 말에 동의를 하는지 독고패 역시 원래부터 컸던 목청을 더 크게 높이며 거들었다.

"아담 회주의 말이 맞소. 지금이야 우리에게 호의를 보이고 있지만 만일 이해관계가 충돌되어 그 정보를 제공하지 않겠다고 해버리면 간신히 구축해 온 시스템 자체가 붕괴해 버릴 것이오."

절대적인 권력을 갖고 이능세계와 현실세계를 주무르던 위원회인지라, 그들의 통제를 벗어나서 그들의 시스템에 위협을 가할 수 있다는 존재가 있다는 사실을 받아들이기가 힘들었다.

지금까지는 그런 퍼니셔의 정체를 알 수 없었기에 어쩔 수 없는 부분이 있었지만, 이제는 그의 정체를 확인한 만큼 최소한 웜홀 탐색기 정도는 확보해야한다고 주장하는 것이었다.

이런 생각자체가 가능한 것이 위원회가 아직은 자신들의 무력에 절대적인 자신감을 가지고 있어서였다.

물론 퍼니셔가 웜홀에 대한 정보를 갖고 있고, 독특한 방식의 마법체계를 운용하는 것은 대단하나, 기술력과 무력은 비례하는 것이 아니었다.

다크스타의 수뇌부를 처리한 것은 퍼니셔의 무력을 어느 정도 대변해주기는 하지만 독고패가 말한대로 상임위원 정도면 충분히 가능한 일이라 할 수 있었기에, 퍼니셔의 무력을 두려워하지는 않았다.

아니 오히려 자신들이 퍼니셔를 누를 수 있다고 생각하고 있었다. 직접 퍼니셔를 대면한 자가 없었기에 가능한 생각일 것이었다. 너무 오랫동안 이능세계의 절대자로서 군림해오다보니 굳어진 아집이라 할 수 있었다.

의장 역시 같은 생각이었다. 하지만, 마법사 특유의 조심스러움은 남아 있었다.

"위원님들의 의견은 잘 알겠소. 다만, 괜히 긁어 부스럼을 만들 수 있다는 점도 생각해야 할 것이오. 우리가 준비도 안 된 상태에서 그를 견제하는 모습을 보이다가 그가 알아채고 갑자기 웜홀에 대한 정보를 제공하지 않는다면 그것이 더 큰 문제가 될 수 있으니 말이오."

의장의 말에 고개를 끄덕이며 독고패가 말했다.

"일단 그를 제어할 수 있는 수단을 갖추는 것이 선행되어야 하겠군."

"그렇소. 그리고 무력의 정도도 파악해봐야겠지요. 그래야 만약 우리가 그와 대치하게 된다면 정확한 전력을 투입할 수 있을테니 말이오"

"그렇겠군. 음… 헤이안의 쇼군을 처리한 것이나, 엘리아, 제우스를 해치운 것을 보니 일단 그랜드 마스터급이라고 가정을 하는 것이 좋겠소. 의장."

독고패가 그랜드 마스터라는 말을 꺼내자 몇몇 위원들

은 놀라는 표정을 지었지만, 몇몇은 이미 예상했다는 듯
고개를 끄덕였다.

"어쨌든 지금은 유니온을 통해 탁천군의 투항사실을 알
리고 퍼니셔의 양해를 구할 수밖에는 없을 것 같습니다.
지금까지 협조적인 그의 태도로 보았을 때, 양해를 구하는
것이 그리 문제가 될 것 같지는 않군요."

독고패는 퍼니셔에게 양해를 구한다는 의장의 말이 마
음에 들지 않는 눈치였지만 지금 당장 그를 무시할 수 없
다는 점에는 동의 하였기에 별다른 말을 하지 않았다.

그리고 그런 독고패의 마음을 읽기나 한 것처럼 의장은
한 가지 말을 덧붙였다.

"다만, 이제는 그의 정체를 알게 되었으니 시일을 두고
그의 약점이 될 만한 것을 찾아봐야겠지요. 그를 통제할
수 있는 방법을 찾아봐야겠다는 이야기입니다."

그 말에 고개를 끄덕이는 독고패를 보고 의장은 말을 이
었다.

"필요하다면 다시 한 번 위원회의 위원이 되는 것도 권
해보지요. 위원이 된다면 굳이 대립하지 않고 웜홀 탐색기
의 안정성을 확보할 수 있을테니 말입니다. 다른 의견이
없으시다면 오늘 회의는 여기서 마치는 것으로 하겠습니
다."

흰색의 커다란 요트 한 대가 지중해의 푸른 바다를 가르며 나아가고 있었다. 요트가 바다를 가르며 생기는 하얀 포말이 눈부신 태양에 반사되어 반짝 거렸고, 하늘위에는 조각과도 같은 흰구름이 떠있는 것이 마치 영화의 한 장면과 같았다.

다만, 오늘 따라 바람이 쎈 건지 물결의 진폭이 다소 큰 것이 80미터가 넘는 초호화 대형 요트였지만 꽤나 흔들림이 있었다.

"아 참, 흔들리는 것만 좀 적으면 갑판에 나가서 구경하고 싶은데 말야."

분홍색 체크무늬 반팔 셔츠에 청바지 핫팬츠의 전형적인 여름 옷차림을 입은 강서영이 흔들리는 음료수 잔을 부여잡고 말했다.

선실 안에서 창밖을 바라보니 밖으로 보이는 풍경들이 너무나 좋아 보였는데, 배의 흔들림에 나갈수 없다는 것이 아쉽다는 말투였다.

그런 강서영의 말을 들은 한미애는 따뜻한 미소를 지으며 그녀에게 말했다.

"30분만 가면 카프리섬에 도착한다하니까 그 때 갑판으로 나가렴."

"에이, 엄마. 그건 나도 알죠. 그냥 지금 나가보고 싶다는 이야기였어요. 밖의 경치가 너무 좋아보여서요. 히히."

"그래? 그럼 세워달라고 해?"

"아뇨. 괜히 번거롭게 그럴 필요까진 없어요."

둘의 대화를 듣던 유리엘이 강서영에게 말했다.

"서영아, 배 주위 파도하고 공기 흐름을 안정화 했으니 갑판에 나가도 돼."

유리엘의 말에 창문을 바라보니 지금도 배는 빠르게 달리고 있었는데 그 흔들림은 현저하게 줄어들어 있었다.

"네? 언니 그런 것도 되요?"

그녀 역시 마법을 배우고 있는 실정이라 사용은 못하더라도 대강 어떤 식으로 마법이 전개되는지 정도는 알 수 있었는데, 유리엘의 마법은 전혀 감이 안 오는 경우가 많았다.

하지만 옆에 있는 엘리아 역시 감탄의 표정을 짓고 있는 것을 보고, 그녀의 배움이 짧아 그런 것이 아니라는 생각이 들어서 내심 안도의 한숨을 내쉬었다.

사실 이 정도 마법은 엘리아 역시 할 수 있는 마법이었지만, 이렇게 아무런 시동어도 없이 하는 것은 쉽지 않은 일이었다.

더군다나 이질적인 마나유동 하나 없이 마치 자연적인

현상인 것처럼 마법을 시전하는 것은 엘리아에게도 불가능한 일이었기에 감탄하고 있었던 것이었다.

이제는 흔들림이 줄어들어 갑판으로 나서려던 강서영은 문득 유리엘의 옆에 앉아있던 강민에게 말을 건넸다.

"근데 오빠. 이 요트 너무 비싼 거 아냐? 이번 한 번 타고 말거잖아."

"돈이 없는 것도 아닌데 이 정도 가지고 뭘 그래. 그리고 이왕 이렇게 된 거 지중해 쪽 여행을 다 이걸로 다니지 뭐. 그리스의 산토리니도 가고 싶어 했잖아."

요트가 비싸다고 걱정한 강서영에게 대수롭지 않은 듯 말을 건넨 강민은 평소 그녀가 가고 싶어 했던 산토리니에 대한 이야기를 꺼냈다.

강민이 산토리니를 언급하자 강서영은 멍한 표정을 지으며 실실거리며 웃었다.

"아… 산토리니 좋지… 히히히."

"뭘 그렇게 웃어?"

"아니 좋아서. 예전엔 드라마나 영화에서나 봤던 곳인데 내가 간다하니 신기하기도 하고."

"신기하긴 뭐. 여튼 지금이라도 가고 싶은 곳 있음 얼마든지 말해. 바로 그리로 데려다 줄 테니까 말이야."

"아냐. 지금도 너무 갑자기 일정을 바꾼 거 아닌가 해서 좀 그래."

"뭐 어때, 시간 제약이 있는 것도 아닌데 말이야."

"그래도…."

"관계 없으니까 마음 편하게 즐겨."

"그래 알겠어. 오빠가 최고야. 최고. 헤헤."

강서영은 강민에게 엄지손가락을 척 올리더니 갑판으로 나섰다. 요트의 갑판으로 올라온 강서영은 기분 좋게 불어오는 잔잔한 바람을 맞으며 잠시 주위를 둘러보았다.

빠르게 움직이는 배의 속도와는 달리 배의 흔들림은 크지 않았고, 바람 역시 그리 강하지 않았다. 유리엘의 마법 아래 그 흐름들이 통제되고 있는 것이었다.

한참 동안 주위를 구경하던 강서영은 이내 갑판 위에 있는 선베드에 누웠다. 하늘을 정면으로 하고 눕자 머리 위의 태양이 정면으로 비춰들었고, 그녀는 머리에 이고 있던 선글라스를 써서 눈부심을 피했다.

선베드에 누워있던 강서영은 기분 좋게 내리쬐는 햇볕 아래 몸이 나른해지며 어느새 스르륵 잠이 들고 말았다.

어느덧 강민 일행이 여행을 시작한지 20여일이 지났다. 미국의 서부에서 시작한 여행은 미국 동부를 거쳐 대서양을 지나 유럽에 도착하였다.

유럽에 들어온 이후에도 일행은 벌써 많은 곳을 다녔는

데, 영국과 프랑스의 명소들을 둘러본 이후 지금은 유럽여
행의 백미라는 이탈리아를 여행 중이었다.

베네치아, 피렌체, 밀라노를 거쳐 이탈리아의 수도이자
고대 문명의 정점을 찍었던 로마를 관광하던 중 강서영은
지나가는 말로 예전 텔레비전 광고에 나온 카프리섬에 대
한 이야기를 했었다.

그녀는 지나가는 말이었지만 그것을 캐치한 강민은 일
행의 동의를 구해 일정을 변경하였고, 지금 일행은 그녀가
말한 그 카프리섬으로 향하고 있었다.

이렇게 한가로이 망중한을 즐기는 강민 일행에게 한 통
의 전화가 걸려왔다. 벤자민이었다.

"벤자민, 무슨 일인가?"

[강민 회장님, 드릴 말씀이 있습니다.]

"뭔가?"

[여행을 하시면서 다크스타의 보스들을 처리하신다고
하셨는데, 한가지 번거로움은 덜으셨습니다.]

"무슨 말이지?"

[마지막 남은 다크스타의 보스 탁천군이 어제자로 유니
온에 투항하였습니다.]

"투항?"

[네, 그래서 탁천군은 별도로 처리하지 않으셔도 된다는
말씀을 드리려고 전화하였습니다.]

"나름 악행이 많았다고 들었는데 그냥 투항하면 받아주는 건가?"

다크스타를 구성하던 주요 3단체, 엘리아의 리벤지, 제우스의 라이트닝, 탁천군의 마천은 이능세계에서 악명이 높았다.

그 중 엘리아의 리벤지 같은 경우는 위원회와 유니온에게 복수를 하기 위해서 모인 단체이다 보니 일반인에게 피해를 주는 경우는 드물었다.

반면 라이트닝은 마약 카르텔을 직접 운영하였고, 마천 같은 경우에는 각종 생체 실험까지 하느라 이능세계 뿐만 아니라 일반세계에도 막대한 피해를 주었다. 강민이 지적하는 것은 이 부분이었다.

엘리아를 받아들인 강민이 할 말은 아닐 수도 있지만, 엘리아는 그렇게 악행이라고 할 만한 행적이 별로 없었다.

리벤지를 만든 것 자체가 위원회, 정확히는 일루미나티에 대한 복수로 만든 것이기에 그녀의 주요 타겟은 위원회와 유니온이었다.

엘리아의 성향 상 일반인들에게 무분별한 피해를 주는 조직원은 받아들이지 않았고, 그런 조직원이 생기면 제명하거나 처벌했기에 그녀를 받아들이는 것에는 큰 문제가 없었다.

더군다나 지금 엘리아는 자신을 따르는 소수의 조직원

들만 남기고 조직 자체를 해체시켜버렸다.

애초에 악한 성향을 가지고 있었다면 아무리 유리엘 일족의 영혼을 일부 이었다고 해도 그녀를 받아들일 강민이나 유리엘이 아니었다.

하지만 제우스의 라이트닝이나 탁천군의 마천은 이야기가 달랐다. 적극적으로 그들의 이익을 위해서라면 악행도 마다하지 않았던 집단이었다.

이능력자들간의 다툼이야 모르겠지만, 상대적인 약자인 일반인들까지 학살하는 조직이었기에 그 악기가 예사롭지 않았다.

그런 조직을 단순히 투항을 한다고 해서 과거의 과실을 묻고 그냥 받아준다는 것은 상식적이지 않은 일이었다.

강민의 지적에 어느 정도 동의를 하는지 벤자민은 잠시간의 침묵 뒤에 입을 열었다.

[…저도 조금 이해가 가지는 않지만, 위원회의 결정이 그렇게 내려졌습니다. 탁천군은 위원회에 바로 항복의사를 밝혔고, 위원회에서도 굳이 항복한 다크스타를 치는데 불필요한 인원을 동원할 필요가 없다고 판단하여 그 항복을 받아 들였습니다.]

"그래? 어차피 탁천군만 없어진다면 밑의 조직이야 유니온에서도 그리 힘들지 않게 처리할 수 있지 않는 것 아닌가?"

가장 힘든 부분을 강민이 처리해 준다고 하는데도 이런 결정을 내린 위원회에 의구심을 품으며 강민이 물었다.

[저도 그렇게 주장은 하였지만, 이미 위원회에서 결론이 난 사항이라 어쩔 수 없었습니다. 크게는 두 가지 이유를 언급하였는데, 하나는 죽음을 각오한 탁천군이 동귀어진의 생각으로 이능세계와 일반세계에 자살 공격을 할 수 있다는 우려이고, 다른 하나는 최근 들어서 웜홀의 발생빈도가 더 높아졌기 때문에 유니온이나 위원회의 인력을 함부로 빼내 쓰기가 더 힘들다는 이야기였습니다.]

"흐음… 타당성이 없는 주장은 아니긴 한데…."

[그렇습니다. 나름 근거 있는 주장이라 저도 강하게 반대하긴 힘들었습니다.]

"그래, 무슨 말인지는 알겠어."

강민이 알겠다고 하자 벤자민은 반색한 목소리로 되물었다.

[아. 그렇다면 탁천군을 놓아둔다고 전해도 되겠습니까?]

"그건 아니고."

[네?]

당황스러워 하는 벤자민에게 강민이 덧붙여 말했다.

"내가 그들의 말을 들어야 할 필요는 없지. 안 그래?"

[그… 그렇긴 하지만….]

"굳이 위원회의 결정 때문에 내 생각을 바꿔야 할 필요는 느끼지 못하겠군. 애초에 이 일의 시작도 위원회의 결정을 듣고 한 것이 아닌데 내가 왜 그들의 말을 들어야 하지?"

단호한 강민의 말에 벤자민은 제대로 대구를 하지 못하고 같은 말만 반복하였다.

[그렇지만….]

"분명히 알아둬. 위원회는 너희 유니온의 상급단체인 것이지, 모든 이능세계를 지배하는 것이 아니라는 것을 말이야. 아. 그리고 참고로 말하자면 엘리아는 내가, 아니 정확히 말해 유리를 따르기로 했으니까 그렇게 알아둬."

엘리아가 살아있다는 강민의 말에 벤자민은 놀라며 되물었다.

[네? 엘리아는 죽은 것이 아니었습니까? 다크스타 중에서 엘리아가 이끌던 리벤지가 해체되어 흩어져 그렇게 알고 있었습니다만….]

"내가 네게 모든 걸 보고해야하는 것인가, 벤자민?"

[아… 아닙니다.]

"어쨌든 엘리아 역시 내 식솔이 되었으니 알아두라고. 괜한 짓 하지 말라는 의미에서 미리 말하는 거야."

[…혹시 제우스도 살아 있는지요?]

벤자민은 엘리아가 살아있다는 말에 혹시나 싶어 제우스의 생사를 물었다.

"아. 그 놈은 죽었지. 그 놈은 본질이 악한 놈이더군. 죽어서 마나의 품으로 돌아갔으니 그 놈까지 걱정할 필요는 없어."

[…그나마 다행이군요. 그럼 탁천군은 처음 계획하신대로 처리하실 생각이신가요?]

"굳이 그 놈을 살려둬야 하는 이유를 모르겠군."

[그럼 그렇게 알고 있겠습니다.]

벤자민과의 전화를 끊은 강민에게 유리엘이 부드럽게 물었다.

"탁천군을 처리할 생각인가요?"

"아까도 말했지만 굳이 살려둬야 할 이유를 모르겠군. 하나하나 간섭할 마음은 없지만, 이왕 손쓰기로 마음먹은 이상 이 놈까지는 끝내 버릴려고 해."

"그래도 마스터급일텐데 차원 통합이 되고 나면 나름 쓸만한 전력이지 않을까요?"

처음부터 카오틱 에빌을 처리하지 않았던 이유가 이것이었다. 원래부터 간섭하지 않으려는 생각도 있었지만, 이 계와의 차원통합 후에는 어차피 이런 능력자들이 인류의 전력이 될 것이라는 생각에서 이런 악인들에 대한 제재를 할 생각 자체를 하지 않은 것이었다.

하지만 그들이 있음으로 해서 오히려 더 많은 혼란과 희생이 발생하였고, 그들의 의도는 아니었지만 강서영까지 그들의 일에 휘말리면서 그들을 처리할 생각으로 이번 여행에 나서게 된 것이었다.

이런 사실을 다 알고 있는 유리엘이 다시금 이런 말을 꺼내는 이유는 상황이 달라졌기 때문이었다.

다크스타가 투항함으로서 이제 그런 혼란은 없어질 것이고, 굳이 해치우지 않더라도 처음 생각했던 것처럼 그들이 인류의 전력이 될 수 있을 것이라는 의미였다.

그러나 강민의 생각은 유리엘과 조금 달랐다.

"글쎄, 아무런 타격 없이 자신의 세력을 갖고 유니온으로 들어온다면 향후에 분란이 일어날 가능성이 더 크지 않을까? 내리는 소나기는 피한다고 지금은 숙이고 들어오지만, 기존의 세력이 있으니 얼마든지 다크스타 같은 조직을 또 만들 수 있을 것 같은데 말이야."

"하긴 그것도 그렇네요. 만약 한창 이계와의 전투 중에 자기들의 이익을 위해서 그런 조직을 만든다면 어쩌면 더 큰 문제가 될 수도 있겠어요."

"그렇지. 어차피 그런 성향을 가진 놈들이니 그럴 가능성이 더 높을 수도 있겠지. 어쩌면 처음부터 그런 조직을 만들지 못하게 했었으면 오히려 분란이 더 적을 수도 있었겠어."

"그것은 모를 일이죠. 그렇게 되면 위원회의 독주체제가 될 것인데 지금처럼 이능력자들이 양산되는 시대에 그런 체제를 반대하는 세력이 또 나오지 않았겠어요? 다크 스타 같은 조직이 그런 불만을 흡수하고 있었던 것일 수도 있지요."

"음… 힘을 가진 집단이 올바르게 그 힘을 쓰는 일은 드무니… 충분히 가능성 있는 이야기네."

고개를 끄덕이며 잠시 생각에 잠긴 강민을 바라보던 유리엘은 가볍게 말을 건넸다.

"이왕 마음먹은 것 지금 바로 처리해버릴까요?"

탁천군을 처리하자는 이야기였다. 마치 식사를 하러가자는 듯 편한 말투였다. 그들에게 탁천군을 처리하는 것은 그 정도 수고일 뿐이었다.

"그럴까? 그래 생각난 김에 처리해버리지."

"그래요. 그럼 그 자리에 있나 볼까요."

유리엘은 탁천군의 위치를 다시금 확인해 보았는데, 전에 있던 곳에서 이동을 했는지 그 자리에서 그의 모습은 확인되지 않았다.

"아. 이동했나 보네요. 잠시만요."

잠시만이라는 말과 함께 유리엘은 말을 멈추고 사전에 파악했던 마나패턴을 통해 탁천군의 행적을 쫓았다.

"어디보자… 아. 여기에 있네요. 여기가… 중국 사천성의 성도 인근이네요."

"성도? 얼마 전까지 해남에 있더니 그 사이 거기까지 올라갔군."

"그러게요. 그럼 가요."

"강훈이한테는 잠깐 자리 비운다고 말해줘."

"그럴게요."

말을 마치자마자 유리엘은 손가락을 튕겼고 둘의 모습은 배 안에서 사라졌다.

2장. 악마

NEO MODERN FANTASY STORY & ADVENTURE

현세귀환록

2장. 악마

　사천성 성도에서 조금 떨어진 산자락의 아래에는 숲 속에는 위치와 다소 맞지 않는 큰 규모의 저택이 한 채 있었다. 마치 부잣집의 별장과도 같아 보이는 저택은 그 큰 크기에도 불구하고 주변의 풍광과 썩 잘 어울려 보였다.

　평소에는 별다른 손님이 없이 고즈넉한 분위기를 내는 저택에는 오늘따라 평소에 보이지 않았던 사람이 한 명 와 있었다. 바로 탁천군이었다.

　탁천군은 저택의 별관에서 차를 마시고 있었는데 손님으로 왔다는 것을 보여주기나 하는 듯, 깔끔하게 차려입은 중국 전통 복식이 인상적으로 보였다.

누군가를 기다리는 듯 약간 긴장한 탁천군이 잔속의 차를 다 마시고 나니 옆에 서 있던 미모의 여성이 다시 잔을 채웠다. 행동이나 복장으로 보아 시중을 들기 위해서 있는 것 같았다.

잔을 차오르는 차에 시선을 두던 탁천군은 흘낏 시계를 한번 보더니 여성에게 말을 건넸다.

"맹주님이 오실 시간은 아직 멀었는가? 정오에 뵙기로 했는데 벌써 한 시가 넘었어."

하지만 그 여성은 말단이거나 아니면 임무가 단지 시중만을 드는 것이었는지 갑작스러운 탁천군의 질문에 당황해 하며 답을 하였다.

"아. 그… 그게 저는 잘 모르겠습니다. 단지 손님을 모시라는 말씀만 전달 받아서…."

"흠. 하긴 자네에게 물어볼 건 아니군. 하여튼 자네 윗사람이 있으면 맹주님이 언제쯤 오시는지 확인 좀 부탁하네."

"네, 알겠습니다."

여성이 탁천군의 요청을 받고 밖으로 나가고 얼마 지나지 않아 그의 뒤에서 또 다른 여자의 목소리가 들려왔다. 유리엘이었다.

"한가롭네, 별장에서 티타임이라."

기척도 없이 갑작스럽게 들려오는 목소리에 탁천군은

놀라서 벌떡 일어나며 외쳤다.

"누구냐!"

"우리가 누군지 말해도 모를 것 같으니 넘어가고, 네 이야기나 해보자. 그래, 투항을 했다며?"

투항을 했다는 말에 탁천군의 머릿속은 빠른 속도로 움직였다.

'지금 내가 투항한 것을 아는 사람은 위원회와 유니온 정도인데… 위원회라면 오늘 맹주님하고 같이 왔을 것이니 아닐 것이고… 그럼 유니온? 유니온에는 이 정도 인물은 없을 것인데… 누구지….'

탁천군의 그런 모습을 보며 유리엘이 웃으며 말했다.

"머리 굴리는 소리가 여기까지 들리는 것 같네. 누군지 궁금해서 그런거지? 이름을 말해서는 모를 것이고… 제우스를 처리한 사람이라면 우리가 누구인지 알려나?"

제우스 이야기를 들으니 탁천군은 머리가 번뜩였다.

"제우스! 그… 그럼…."

"역시 알고 있지? 그럼 우리가 왜 여기까지 온지도 알겠지?"

제우스를 처리한 사람이 여기까지 온 것이라면 이유는 단 하나였다. 자신이 여전히 타겟이 되어있다는 말이었다. 그 생각에 탁천군은 더듬거리며 서둘러 말을 이었다.

"아… 아니 나… 나는 이미 투항을 했소! 위원회에서 아무런 이야기도 듣지 못한 것이오?"

이 말에는 유리엘이 아닌 강민이 답을 하였다.

"들었지. 하지만, 우리는 위원회 소속이 아닌데 어쩌
지?"

"위원회가 아니라면 유니온? 아니… 유니온은 위원회의
산하기관인데…."

"둘 다 틀렸어. 우리는 어디에 소속되어 있는 몸이 아니
야. 그러니 네가 위원회에 투항하든 말든 우리의 일과는
무관한 것이지. 투항이라는 아이디어는 좋았는데, 그 대상
이 틀렸군."

강민의 말을 들은 탁천군은 이제야 뭔가가 잘못되었다
는 생각이 들었다.

"그… 그럼 날 어… 어떻게 할 생각이오?"

"글쎄, 지은 죄가 많으니 죗값을 치러야 하지 않을까?

"그렇다면…."

죗값이라는 이야기에 탁천군은 더 이상 대화의 여지가
없다고 판단하였다. 그 스스로가 자신이 저지른 악행을 잘
알고 있었기에 자신의 죗값이라면 죽음 밖에 없을 것이었
다.

빠르게 판단한 탁천군은 이 자리를 피해야겠다고 마음
먹었다.

제우스를 해치운 빛의 검의 주인이라면 자신 역시 감히

상대할 생각이 들지 않았기 때문이었다. 그렇기에 정면 대결보다는 회피를 택한 것이었다.

지금도 도저히 실력을 가늠할 수 없는 강자로 보였기에, 그가 이 자리를 빠져나가려면 보통의 방법으로는 힘들 것이었다.

'일단 그 방법을 쓰자.'

마음의 결정을 내린 탁천군은 서둘러 품 안으로 손을 집어넣어, 주머니에서 손가락 마디 하나 크기의 조그만 나무 조각 꺼내었다.

그리고 탁천군은 그렇게 꺼낸 나무 조각을 바닥으로 던지며 짧게 진언을 외웠다.

"옴!"

바닥에 던져진 나무 조각은 탁천군의 진언이 읊어짐과 함께 엄청난 검은 연기를 뿜어내며 방안을 연기로 가득 채우려고 하였다.

이 연기는 단지 시야만을 흐리는 것은 아닌 것 같았다. 연기가 짙어지며 앞에 서있는 탁천군의 존재감마저도 옅어지는 것이, 시야차단과 더불어 기감차단의 효능까지 있는 연막으로 보였다.

기감의 차단을 통해서 이 자리를 벗어나 이동 술법을 사용하려는 심산이었다. 바로 이동 술법을 사용하지 못하는 이유는 시전까지 다소 시간이 걸리기 때문이었다.

하지만 탁천군의 시도는 단지 시도로 그쳤다. 뿜어져 나오는 연기가 급속히 강민의 손아귀로 모여들어 갔기 때문이었다.

"어… 어떻게…."

폭발적으로 뿜어져 나오는 나무 조각의 연기는 십여초가 지나자 기세가 줄어들며 서서히 그쳐갔다.

강민의 손으로 빨려 들어간 연기는 그의 손아귀에서 주먹만한 공의 크기로 압축되어 있었는데 공 안의 연기는 엄청난 속도로 회전을 하고 있어 마치 줄무늬가 새겨진 것처럼 보이기도 하였다.

회전하는 공은 회전과 동시에 압축이 되는지 점점 줄어들더니 얼마 지나지 않아 손톱만한 크기로 변해버렸다.

완전히 줄어든 연기는 마치 반짝이는 검은색의 보석과도 같아보였는데, 이 연기의 결정을 품속으로 집어넣으며 강민이 말했다.

"보여줄 수 있는 것은 이게 다인가? 그럼 이제 그만 끝내지 우리도 기다리는 사람이 있어서 말이야."

말을 마친 강민은 가볍게 손을 휘둘렀다. 동작은 가벼웠지만 그 손길이 품고 있는 힘은 가볍지 않았다.

강민의 일거수일투족에 초집중하고 있던 탁천군은 그의 움직임이 시작되자마자 황급히 몸을 피했다.

툭~!

하지만 최선을 다해 왼쪽으로 몸을 피했음에도 불구하고 탁천군의 오른쪽 팔은 바닥에 떨어지고 말았다.

"호오. 그래도 마스터라고 그냥 당하진 않네요."

유리엘이 탁천군의 움직임에 작은 감탄을 하며 입을 열었다. 강민은 말 그대로 가볍게 손을 흔든 것이었지만, 조금 전의 공격은 웬만한 마스터들도 쉽게 피할 수 있는 공격은 아니었다.

물론 탁천군도 팔 하나를 그 대가로 헌납하고 간신히 피할 수 있었지만, 그 정도 피한 것만으로도 칭찬할 만한 일이었다. 만일 그 역시 집중한 상태가 아니라면 어떻게 죽었는지도 모르는 채 목숨을 잃었을 가능성이 높았다.

탁천군은 남아있는 왼팔로 서둘러 비어있는 오른쪽 어깨를 지혈하더니 입을 굳게 다물며 뭔가 결심한 표정을 지었다.

'호신강기를 펼쳤음에도 칼로 두부를 자르듯이 손쉽게 팔을 잘라냈어. 그것도 초월의 영역에 들어가 있지 않았다면 이 정도도 피할 수 없었겠지. 역시 제우스를 죽인 빛의 검의 주인답군. 나도 여기서 끝인 건가… 하지만… 이대로 죽어주기엔 그간 보냈던 고통의 시간이 너무 아깝군. 이놈도 괴물인 것 같은데 과연 그 악마 놈과 붙어 보면 어떨까?

생각은 길었지만 행동은 빨랐다. 결심을 내린 탁천군은 남아있는 왼손을 왼쪽가슴에 올리더니 짧고도 단호한 진언을 외웠다.

눈에는 보이지 않았지만 탁천군의 심장을 죄고 있던 봉인의 사슬이 끊어지는 순간이었다.

이내 탁천군은 심장에 전기 충격을 받기나 한 듯 수차례 쿵쿵 거리며 가슴을 덜컥덜컥 퉁겨대었다. 이런 현상은 엄청난 고통을 수반하는 듯 탁천군의 얼굴은 무척이나 일그러져 있었다.

잠시 후 그의 심장에서 폭발적인 마나가 터져 나오면서 탁천군은 마치 물 위에 떠있는 것처럼 1미터 정도의 허공에 떠올랐다.

그런 그의 모습을 가만히 보고 있던 유리엘이 입을 열었다.

"처음부터 뭔가 감추고 있는 것 같더라니. 이것이었군요. 그런데 디테일은 약간 다르긴 하지만 왠지 익숙한 느낌인데요."

"그러게, 딱 봐도 마계(魔界) 성향 쪽 기운인 것 같군. 이 차원은 천계나 마계 쪽의 결계가 다른 차원에 비해 두터워서 마계의 기운을 직접 소환하긴 쉽지 않았을 것인데. 이 녀석은 애초에 그 쪽 체질이었나 보군."

오랫동안 많은 차원을 돌아다녔던 강민과 유리엘에게는

마(魔)속성의 기운도 처음 보는 것은 아니었다.

그렇기에 탁천군의 특이한 기운에도 크게 놀라지 않고 대화를 주고받았다.

"그건 그렇고 마계의 기운은 오랜만이네요. 간만에 보니 확실히 다시 느껴지네요. 이 성향은 기운은 묘하게 사람을 흥분시키는 것이 있다니까요."

"그러니까 물질계의 사람들이 마기를 느끼면 그에 중독되는 것이지. 아마 지금 이 녀석도 이 마기에 중독되어서 그런 악행을 저질렀을 것 일거야."

"그렇다 하더라도 완전히 잠식되지 않고 봉인까지 해둔 걸로 봐선 보통 의지력은 아닌가 보네요. 결과적으로는 마기의 영향으로 악행은 저질렀지만요."

강민의 말에 고개를 끄덕이면서도 유리엘은 탁천군의 의지력을 높이 평가했다. 그녀가 의지력에 관한 이야기를 하자, 강민 역시 단순 마기의 침습이라는 처음 생각에서 다른 방향으로 생각을 전개하였다.

"어쩌면 단순 마기의 침습이 아니라 상위 마족의 직접적인 영향을 받았을 수도 있겠지. 음… 마스터급까지 올라왔다면 이쪽이 더 가능성 있겠군. 마스터급의 의지력이 단순 마기에 영향을 받진 않았을테니 말이야."

"하긴, 그 편일 가능성이 높겠네요. 저기 봐요 저렇게 폭발적으로 뿜어져 나오는 마기에도 아직 정신을 놓고 있지는 않잖아요."

유리엘의 말대로 공중에 둥실 떠올라 있는 탁천군은 지금까지는 의식을 잃지는 않고 있는지 아직도 얼굴을 찌푸리면서 고통에 몸부림쳤다.

"하지만 얼마 버티진 못하겠군. 나오는 기세가 심상치 않아. 이 정도라면 디메트론 차원의 마족 분류 기준으로 귀족급 이상의 상급 마족인 것 같군."

디메트론이라는 이야기에 유리엘이 뭔가 생각났다는 듯 눈을 반짝이며 말했다.

"디메트론이라… 그러고 보니 마계에 직접 들어간 건 디메트론 차원이 마지막이었죠?"

"그렇지. 그 때 이후로는 들어갈 일이 없었으니 말이야. 그 때도 볼테르만 아니었다면 그 불쾌한 곳에 직접 들어가진 않았겠지."

"하긴 볼테르를 처리하려고 들어간 것이었죠. 그러고 보니 볼테르 정도의 강자를 만나본지도 오래 되었네요."

유리엘이 강자라고 말할 정도의 인물이라면 필시 대단한 인물이었을 것이었다. 강민 역시 어느 정도는 그녀의 말에 동의를 하는지 고개를 끄덕이며 말했다.

"그래, 볼테르 그 녀석은 베는 손맛이 있던 녀석이었지. 벌써 그 정도 능력이 있는 녀석을 만나본지도 만년은 넘은 것 같군."

만년이 넘었다는 강민의 말에 곰곰이 생각하던 유리엘
이 의외라는 듯 말을 이었다.

"만년이라면… 파르메라 차원의 살라비츠는 그에 미치
지 못했다는 건가요?"

"음… 살라비츠라. 확실히 그 녀석도 평범한 수준은 아
니었지만, 볼테르와 비교하긴 힘들지. 볼테르에 비교하려
면 도르온 차원의 멜피스나 파르시아 차원의 진 정도는 되
어야지."

멜피스나 진의 이름이 나오자 유리엘은 이해했다는 듯
고개를 끄덕였다.

"확실히… 멜피스나 진에 비하면 살라비츠는 한 등급
떨어지는 감이 있네요. 그런데 볼테르가 그 정도였나요?"

"그래, 마지막에 모아온 힘을 폭주시켰다면 그 순간만
큼은 어쩌면 멜피스를 능가했을지도 모르지."

유리엘은 그 순간이 기억난다는 듯 강민의 말을 받았다.

"그때 볼테르는 폭주 대신 씨앗을 남기는 것을 택했죠?"

"그래. 씨앗이 발아하려면 최소 천년 이상의 시간이 필
요하였으니, 내가 그 녀석을 끝장내기 위해서 굳이 그 시
간을 쓰면서까지 거기서 기다리지는 않을 것이라 계산을
했던 것이겠지. 실제로도 그렇게 했고 말이야."

"볼테르다운 선택이었죠. 지금은 씨앗이 발아해서 과거
의 무력을 어느 정도는 회복했겠군요."

"그렇겠군. 다음에 한번 디메트론에 들러보자. 얼마나 성향이 바뀌었는지 궁금하군."

"여전히 그대로라면 다시 한 번 징치(懲治)할 건가요?"

"그대로라면 이번엔 씨앗도 남기지 못하도록 소멸시켜 버려야지."

"볼테르가 어떻게 변했는지 나도 궁금하네요."

둘의 대화가 이어지는 동안 탁천군의 변화가 서서히 마무리 되어갔다. 외관상으로는 크게 달라진 점이 보이지는 않았으나, 내면으로는 전혀 다른 사람이 되어버렸다고 할 수 있었다.

변화가 끝난 것을 보여주기나 하는 듯 지금까지 허공에 떠있던 탁천군은 바닥에 발을 디디며 눈을 번쩍 떴다.

뜨여진 눈은 흰자와 검은자의 구분이 없는 전체가 붉은 핏빛의 혈안(血眼)으로 섬뜩한 느낌을 자아내게 하였다.

"크크큭. 아~ 좋군. 스스로 봉인을 뜯은 주제에 막판에 저항까지 하다니. 생명에 대한 집착 때문인가? 크큭."

혈안이 된 탁천군은 목을 돌리면서 두둑두둑 관절 꺾이는 소리를 내더니 말을 이었다.

"뭐 어쨌든 이젠 내 몸이니까. 흐흐흐. 몸을 가지고 이곳에 선 것이 얼마만인가. 후흡~ 하~ 깨끗한 물질계의 마나는 언제나 좋다니까. 어? 팔이 여기에 떨어져 있었군. 굳이 재생하는 수고를 들이지 않아도 되겠는데. 크크크."

말을 마친 탁천군, 아니 이제는 혈안의 괴인이라 할 수 있는 존재는 왼손을 뻗어 바닥에 떨어져 있는 탁천군의 오른팔을 가리켰다.

　허공섭물이라도 펼친 듯 탁천군의 오른팔은 둥실 떠올라 잘려진 그의 오른쪽 어깨에 붙었고, 별다른 조치를 취하지 않았음에도 오른팔은 어깨와 자연스럽게 이어져버렸다.

　팔이 어깨에 붙자 괴인은 원래부터 팔이 멀쩡했다는 듯 오른팔을 이리저리 움직이며 팔의 건재함을 보였다.

　팔까지 붙여 이제는 완전한 몸이 된 혈안의 괴인을 그를 물끄러미 바라보고 있는 강민과 유리엘에게 말을 건넸다.

　"허. 이놈들 아예 도망칠 생각이 없는 거로구나. 도망치면 오랜만에 사냥하는 기분을 느껴보려고 했더니. 쩝. 겁대가리를 상실한 연놈들이군. 뭐 이 자리에서 죽기를 바란다면 원하는 대로 해주지. 이 곳에서의 첫 사냥이군. 흐흐."

　말을 마침과 동시에 괴인은 아까 붙였던 오른팔을 들어 올려 강민과 유리엘을 향해 손바닥을 펼쳤다.

　화르륵~!

　괴인의 장심(掌心)에서는 검붉은 불길이 솟구치며 강민과 유리엘을 덮쳐갔다. 둘은 심상치 않아 보이는 불길에도 전혀 아랑곳 않고 괴인을 바라보고 있었는데, 괴인이 보기에는 겁에 질려서 피하지 못하는 것처럼 보였다.

화르륵 거리는 불길은 얼마지나지 않아 멈추었고 괴인은 두 개의 숯덩이를 기대하였다. 하지만 그의 기대는 빗나가고 말았다.

강민과 유리엘은 처음 그 모습처럼 옷깃에 그을린 자국 하나 없이 편안히 서 있었기 때문이었다.

"뭐… 뭐지?"

약간 당황한 괴인은 다시금 손바닥을 펼쳐 불길을 쏘아냈으나 여전히 둘에게 피해를 줄 수는 없었다. 아니 둘 뿐만이 아니라 그 불길은 주변의 집기조차 태우지 못하고 있었다.

그렇게 괴인이 혼자서 쇼를 하는 동안 강민과 유리엘은 심어를 나누고 있었다.

[나름 상급 마족인가봐요. 본체가 현신한 것도 아닌데 이정도 힘이면 말이에요.]

[본체도 본체지만, 탁천군의 신체가 마기(魔氣)와 상성이 좋은 것 같아. 마기의 기세를 보니 손실률이 절반도 되지 않겠는데?]

[일반적으로 영계에서 물질계로의 마나 전송률을 생각해보면 이 정도 손실률은 대단하네요. 물론 그만큼 리스크도 갖겠지만 말이에요.]

[스스로가 최고인 줄 아는 녀석들이 리스크에 대한 생각이나 하겠어?]

[하긴 그렇죠. 여튼 이 녀석이 탁천군의 히든 카드였나 보네요.]

[히든 카드라기보다는 동귀어진의 일격에 가깝겠네. 스스로는 살아남을 수 없다고 판단해서 자신이 감당하지 못하는 이 녀석을 꺼낸 것이니 말이야.]

[그는 이렇게 마족에게 영혼을 빼앗긴다면 명계로 가는 것이 아니라 마계로 떨어진다는 것을 알고 있었을까요?]

[글쎄, 모르지 않았을까? 알았다면 굳이 이런 짓을 할 필요는 없었을테니 말이야.]

[불쌍한 인생이군요. 저 녀석, 이제야 이상하다는 걸 알아차린 것 같네요.]

괴인이 불길을 쏘아내는 것을 멈추고 주변을 살피기 시작하자 유리엘이 심어를 멈추고 괴인에게 말을 건넸다.

"이제 이게 아니다 싶어? 눈치는 늦네."

"뭐냐! 네 놈들은!"

괴인은 유리엘에게 대답을 하면서도 주변을 살피는 것을 멈추지 않았고, 얼마 지나지 않아 그들의 주위에는 얇은, 그렇지만 튼튼한 기막(氣膜)이 펼쳐져 있다는 것을 파악할 수 있었다.

기막까지 발견하고 나자 괴인은 자신이 둘의 능력을 전혀 파악하지 못하고 있다는 것을 깨닫고, 잠시 그의 혈안이 흔들렸다.

그런 그의 기색을 알아차리기나 한 듯 강민이 그의 물음에 반문으로 대답하였다.

"그러는 네놈은 뭐지?"

둘을 파악하기 위한 시간을 갖기 위해서라도 괴인은 시간을 끌 필요가 있었다. 그렇기에 괴인은 강민의 질문에 대답하는 것을 망설이지 않았다.

"나는 아바투르님 휘하의 72 작위마족 중 서열 18위인 사스투스 백작이다!"

72 작위마라는 말에 유리엘은 약간 지겹다는 표정을 짓더니 강민에게 말했다.

"72? 여기도 72 마족이네요. 악마나 마족 같은 놈들은 왜 그리 72라는 숫자를 좋아하는지 원."

"72 뿐만 아니라 108이나 666도 종종 나오잖아. 뭐 72를 사용하는 빈도가 많이 높긴 하지만 말이야."

"어쨌든 18위면 나름 상급 마족이겠네요. 아바투르라는 녀석 말고 다른 우두머리급들이 얼마나 될지는 모르겠지만요."

사스투스는 자신을 무시하고 대화를 나누는 둘에게 화가 나려 하였으나, 이렇게 시간을 끄는 것은 오히려 자신이 바라는 일이었다.

그래서 말을 끊지도 않고 찬찬히 둘을 살펴보았지만, 여전히 그의 눈에 보이는 것은 없었다.

'내가 아직 물질계의 마나에 익숙해지지 않아서 그런 건가? 아니야… 어차피 이놈의 몸으로 사용하는 것이니 관계는 없을 것인데… 설마 내가 알아차릴 수도 없는 강자라는 것인가?'

시간을 들여 생각을 거듭할수록 사스투스의 머릿속은 복잡해져 갔다. 그런 사스투스를 보며 강민은 말했다.

"머리는 그만 굴려도 돼. 어차피 마계로 강제 송환 될테니 말이야. 가져올 수 있는 전력을 다 가져온 것 같은데 여기서 강제 송환되고 나면 꽤나 서열이 떨어지겠어."

"뭐?"

"그렇지만 군이 마계까지 따라가서 소멸시킬 생각은 없으니까, 너무 두려워하지는 마."

말을 마친 강민은 오른손날을 세워 우상단에서 좌하단으로 오른팔을 슬쩍 휘둘렀다. 강민의 말에 무언가를 말하려던 사스투스는 갑작스러운 공격에 검붉은 마기의 벽을 만들며 후방으로 몸을 피했다.

이 모든 것이 강민이 말을 마침과 동시에 벌어진 일이었다.

콰~~앙!

강민의 일격에 엄청난 폭음과 함께 사스투스의 방어벽을 때렸다. 그리고 어쩌면 당연하게도 사스투스의 방어벽은 강민의 공격을 버텨내지 못하였다.

방어벽이 터지면서 나타난 사스투스의 모습은 처참하다고 밖에는 말할 수 없는 모습이었다.

강민의 일격이 사스투스의 방어벽을 뚫고 그를 직격했는지 사스투스는 오른쪽 어깨에서 왼쪽 옆구리로 이어지는 커다란 검상을 입고 있었다. 치명상이었다.

그 상처에서 뿜어져 나온 피가 바닥을 흥건히 적시고 있었는데, 외상뿐만 아니라 내상 역시 심했는지 사스투스는 오른쪽 무릎을 바닥에 대고 울컥 피를 토해냈다.

다만, 마족 특유의 재생능력인지 가슴의 검상은 빠른 속도로 아물어가면서 흘러나오는 피가 멎어들었다. 사람으로 치면 치명상이었지만, 마족인 그에게는 약간의 시간만 있으면 회복할 수 있는 상처였다.

그렇지만 사스투스에게는 너무 느린 속도였다. 상처를 빠른 속도로 수복하던 사스투스는 뭔가 억울하다는 듯 입을 열었다.

"으윽, 마계였다면 이 정도 상처는…"

파슛~! 데구르르르~

하지만 사스투스는 말을 마치치도 못했다. 말을 다하기도 전에 그의 목이 떨어져버렸기 때문이었다.

처음의 일격은 피해냈으나 두 번째 빛나는 손까지는 피하지 못한 것이었다. 눈을 부릅뜬 채 바닥을 구르는 그의 머리가 사스투스의 억울함을 대변해 주는 것 같았다.

억울함에 눈도 감지 못하고 있는 사스투스의 머리를 보고 유리엘이 그가 다 하지 못한 말에 대한 대답을 해 주었다.

"마계였다면 상처가 문제가 아니라 본체까지 소멸되어 버렸을거야. 그러니까 너무 억울해하지는 마."

유리엘은 죽어버린 사스투스에게 말을 건넨 후 강민을 돌아보며 물어보았다.

"굳이 광검까지 필요했을까요? 검강만으로도 충분히 처리 가능했을 것 같은데 말이죠."

"검강을 썼다면 쓸데없는 드잡이질을 벌려야 할 것 같아서 말이야. 마벽(魔壁)을 세운 것 보니 저 녀석도 어느 정도 강기를 운용할 능력이 되는 것 같더라고. 굳이 역겨운 마계의 기운을 시간 끌며 상대할 필요는 없잖아."

"하긴 그것도 그렇네요. 그럼 이제 돌아갈까요?"

"그래. 돌아가… 음?"

돌아가자는 말을 하던 강민은 뭔가 알아차린 듯 경호성을 발하였고, 그런 강민을 보며 유리엘이 의아한 듯 물었다.

"왜 그래요, 민?"

"아. 마나의 성질이 조금 바뀐 것 같아서 말이야."

"그래요?"

강민의 말을 듣고 유리엘 역시 눈을 감고 잠시 마나에

집중을 하기 시작했다. 얼마 지나지 않아 유리엘은 눈을 뜨며 강민에게 말했다.

"음, 민처럼 마나에 아주 민감한 사람이 아니고서야 느끼기 힘든 변화네요."

"그래, 극히 미세하게 변했으니 대부분은 알아차리지 못하겠지. 하지만 분명 바뀌긴 했어."

"그래요. 미미하긴 하지만 바뀌긴 했네요. 마계의 마나가 들어와서 그런가요?"

"원인은 그것 때문이지만 결과가 그것 때문은 아니야. 어차피 이 정도 마나야 바닷물에 물 한 컵 붓는 정도 밖에 되지 않으니 자정 작용으로 흡수되어 버릴테니 말이야."

"그렇다면… 아. 그렇군요."

유리엘이 알아차렸다는 표정을 짓자, 강민의 고개를 끄덕이며 말을 이었다.

"그래, 차원 통합이 가속화된다는 이야기지. 잠시나마 마계와 연결되면서 타차원의 마나장이 영향을 받은 것이지. 이 속도면 마나장의 통합까지 음… 3년도 채 안 걸리겠는데?"

"3년이라는 시간도 다른 사건이 발생하지 않았을 때 이야기지요?"

"그렇지. 다른 일이 또 벌어지면 어떻게 될지 모르지.

큰 일이 벌어지면 당장 내일이라도 통합 될 수도 있고 말이야."

"그럼 그 전에 많이 여행 다녀요. 호호. 사회 인프라가 무너지면 지금처럼 편하게 여행 다니기는 힘들테니 말이에요."

차원의 통합까지는 아니더라도 마나장만 통합 되어도 지금의 문명이 붕괴되고 새로운 질서가 성립될 가능성이 높았다.

그렇게 된다면 당연히 새로운 질서가 어느 정도 자리 잡을 때까지는 이렇게 한가한 여행은 힘들 수 있었다.

둘의 능력이라면 그런 상황에도 충분히 여행을 갈 수 있을 것이지만, 지금 누릴 수 있는 서비스는 어렵다는 이야기였다.

"3년도 남지 않았으니 어머니와 서영이와 시간을 더 보내며 추억들을 쌓아줘야겠어."

"그래요. 그런 의미에서 얼른 돌아가요."

유리엘은 돌아가자는 말과 함께 강민을 바라보았고, 강민은 당연하다는 듯 고개를 끄덕였다.

그 고갯짓에 유리엘은 이곳에 나타날 때처럼 손가락을 튕겼다.

딱~!

유리엘이 낸 손가락 소리와 함께 둘의 모습을 사라졌다.

그리고 당연히 강민이 펼쳐놓은 마나의 역장 또한 같이 사라졌다.

역장이 사라졌다는 것을 알기라도 한 것처럼 탁천군의 시체에서는 검은 기운이 스물스물 피어 올랐고, 그의 시체 위에서 뭉치기 시작했다.

이내 사람의 머리통 크기까지 커졌던 검은 기운은 마치 어딘가로 빨려가듯이 문 틈 사이로 빠져나가며 빠르게 사라져갔다.

검은 기운까지 다 사라져 탁천군의 시체만이 덩그러니 남아 있는 방안에 누군가의 목소리가 들려왔다.

"손님. 들어가도 되겠습니까?"

아까 전 탁천군의 지시를 받고 나갔던 여성의 목소리였다. 이 여성은 탁천군의 지시대로 윗사람에게 물어보고 별채로 돌아왔지만, 별채에는 기이한 힘이 펼쳐져 있었다.

마치 장막과도 같은 기운이 별채를 감싸고 있어서 그녀는 노크조차 할 수 없었고, 그래서 밖에서 들어가도 되겠냐는 말을 반복하고 있었다.

"손님~"

그녀는 몇 번이나 불렀지만 안에서는 반응이 없었다. 답답한 마음에 장막이 막고 있다는 사실도 잠시 잊고 무심코 다시 노크를 하려고 문에 손을 댄 순간 지금까지 만져지지 않았던 문이 손에 닿았다.

"어?"

안에서 어떤 일을 한지는 모르겠지만 이제는 끝났나 하는 생각에 이 여성은 한번 더 노크를 하며 말했다.

"손님, 지시하신 내용을 알려드리려 왔습니다. 잠시 들어가겠습니다."

들어간다는 말과 함께 문을 연 순간 방 안에서는 엄청난 혈향이 풍겨져 나왔고 그녀의 눈에는 목이 잘린 탁천군이 보이고 있었다.

"꺄악!"

그녀의 비명에 주위에서 다른 사람들이 몰려왔다. 그 사람들 역시 방안의 참혹한 광경에 눈살을 찌푸렸다.

그 중 한 명이 이곳의 책임자를 부르러 돌아갔고, 얼마 지나지 않아 중국 정통 복식을 입은 50대의 중년인이 이 자리에 나타났다.

'흐음… 대체 어떻게 된 것이지… 결계가 깨어진 것도 아닌데 어떻게 들어왔지? 그리고 맹주님께는 뭐라고 말씀 드려야 하나…'

잠시 생각에 잠겼던 중년인은 옆에 서 있던 20대 후반 정도로 보이는 미모의 여성에게 말을 건냈다.

"령령, 맹주님은 언제 도착하시지?"

령령이라 불린 단정한 차림의 여성은 중년인의 말에 시계도 보지 않은 채 즉각 대답하였다.

"30분 정도면 도착하십니다.

"음… 일단 전화상으로라도 먼저 말씀드려야겠군. 그리고 현장을 보존 할 것이니 맹주님이 오시기 전까지 누구도 이곳에 오지 못하도록 하거라."

"네, 알겠습니다. 당주님."

현장을 벗어나 집무실로 돌아간 당주는 휴대전화 들어 익숙한 듯 번호를 눌렀다. 몇 차례의 신호음이 울리고 누군가의 목소리가 들렸다.

[진당주인가?]

"네, 맹주님. 진호철입니다."

[이제 얼마 안 있으면 그 곳에 도착할텐데 무슨 일인가, 진당주?]

"이곳에 와 있던 손님께서…."

[천군이 왜? 무슨 일이라도 있는건가?]

무슨 일이 있냐는 맹주의 말에 진호철은 잠시 말을 골랐다. 어떻게 표현을 해야할지 망설여졌기 때문이었다.

"그… 그게…."

망설이는 진호철의 태도에 사단이 벌어졌음을 직감한 독고맹주는 다그치듯 그에게 말했다.

[무슨 일이야! 어서 말해봐!]

"아. 네, 그게 손님이 살해당했습니다."

[뭐! 살해? 누구 짓인가? 아니, 어떻게 그 곳이 노출된

것이지? 결계를 뚫고 들어온 건가?]

탁천군의 살해라는 말에 독고맹주는 폭풍 같은 질문을 던졌고, 진호철은 어떤 질문부터 대답해야할지 생각하면서 서둘러 그의 질문에 답하였다.

"손님을 모시고 있던 아이가 처음 발견했는데, 발견할 당시 이미 손님은 목이 잘려 죽어있는 상태였습니다. 다만, 결계는 멀쩡하였고 정밀 조사까지 한 것은 아니지만 일단 확인해본 결과 뚫린 흔적 또한 없었습니다."

[그러니까 누가, 왜, 어떻게 천군을 죽였는지 전혀 모른다 이 이야기인가?]

"…네, 맹주님."

[일단 내가 가서 현장을 봐야겠군. 현장 보존은 지시해뒀지?]

"네, 현장에 손끝 하나 대지 못하도록 확실히 지시하였습니다."

[알겠네. 내 곧 가지.]

독고패와의 전화를 끊은 진호철은 별채 주위의 CCTV를 살펴보았지만 그곳에는 탁천군을 시중들던 여성이 나갔다가 들어온 것만 보일 뿐이지 그 외의 어떤 사람의 출입도 없었다.

그럼에도 불구하고 놓친 것이 있나 싶어 진호철은 한참 동안 CCTV 녹화 화면을 살펴보고 있었는데 갑작스런 인기척에 고개를 들었다.

쾅~!

집무실의 문이 터질 듯이 열렸고 문의 뒤에는 부리부리
한 호목의 독고패가 서 있었다. 여기까지 오는데 30분은
걸린다고 알고 있었는데, 지금은 전화를 끊은지 십분도 채
되지 않았기에 진호철은 놀랄 수밖에 없었다.

"진당주!"

진호철의 놀람에도 아랑곳 않고 독고패는 진호철을
불렀다. 진호철을 당황한 표정을 감추며 독고패를 맞았
다.

"맹주님, 오셨습니까? 그런데 수행원들은…?"

독고패는 일반적으로 한 명의 비서와 두 명의 경호원을
이끌고 다녔는데, 지금 그 주위에는 아무도 없었기에 당연
히 드는 의문이었다.

"내가 먼저 달려왔다네. 일단 현장으로 가보세."

독고패는 지금 말 그대로 달려왔다. 성도 공항에서 이곳
별채로 오는 차를 타고 오던 독고패는 진호철과의 전화를
끊자마자 내려서 뛰어온 것이었다. 차량 보다 훨씬 빠른
속도를 낼 수 있기에 한 행동이었다.

진호철은 여전히 흥분해 있는 독고패를 별채의 사고 현
장으로 안내하였다.

별채의 문 앞에는 두 명의 경비원이 서 있어 출입을 통

제하고 있었는데 열려 있는 별채의 문을 통해서 여전히 역한 피냄새가 새어져 나왔다.

독고패가 별채 입구에 서자 덩그러니 누워 있는 탁천군의 시체가 보였다. 다만 그 시체에는 머리가 없었다.

그렇지만 머리를 찾으려 할 필요는 없었다. 머리는 독고패의 바로 앞에 있었기 때문이었다.

눈을 부릅뜬 채 잘려있는 탁천군의 머리는 시선이 입구를 향하고 있어, 마치 입구에 서있는 독고패를 바라보는 것만 같았다.

"천군… 천군…."

탁천군의 이름을 부르며 독고패는 비척비척 앞으로 나가더니 탁천군의 목을 끌어안았다.

흰 무복이 피에 젖는 것도 아랑곳 않고 잠시 탁천군의 목을 안고 있던 독고패는 그의 목을 소중히 바닥에 내려놓고는 결의에 찬 목소리로 외쳤다.

"천군! 이 독고패의 이름을 걸고 반드시 너의 복수를 해주마! 반드시!"

최근의 전화 전까지 몇 년간 서로 연락을 주고받지는 않았지만, 탁천군과 독고패의 인연의 뿌리는 매우 깊었다. 독고패의 스승과 탁천군의 스승이 막역지우(莫逆之友)로서 둘 역시 어린 시절부터 함께 자란 형제 같은 사이였다.

고아로서 형제간의 정을 느끼지 못했던 독고패로서는 자신보다 10여살이 어린 탁천군에게 친동생이나 마찬가지의 정을 느끼고 있었다.

이런 둘 사이가 틀어진 것은 순전히 탁천군의 호승심 때문이었다. 나이가 들어가면서 청년이 된 탁천군은 독고패에게 호승심을 느꼈는데, 무공에 천재적인 자질을 갖고 있던 독고패는 탁천군이 아무리 노력해도 이길 수 있는 상대가 아니었다.

더군다나 순수 무술인이던 독고패의 스승과는 달리 탁천군의 스승은 뛰어난 무술가이자 술법가로, 제자인 탁천군 역시 무공과 술법 모두에 노력을 쏟고 있었다.

그렇기에 무공으로 탁천군이 독고패를 이기기란 요원한 일이라 할 수 있었다.

수련에 수련을 거듭한 탁천군은 자질이 나쁘지 않았는지 결국 마스터의 경지에 도달했고, 술법 역시 그에 상응하는 경지에 올랐다.

하지만 독고패는 이미 그랜드 마스터의 단계에 올라 있어 여전히 그의 상대는 되지 않았다.

마스터에 이른 탁천군은 술법까지 동원하여 독고패와 대련을 하였지만 독고패는 탁천군에게 너무도 큰 벽이었다.

대련이지만 거듭되는 패배에 탁천군은 실망하였고, 무공으로는 독고패를 이길 승산이 없다고 판단하였다. 어설

프게 둘을 조합해봤지만 결과는 마찬가지였다. 남은 것은 술법을 극도로 파고드는 것뿐이었다.

본격적으로 술법만을 파고들기 시작한 탁천군은 시간이 지나면서 술법으로도 독고패를 이기는 것은 요원하다는 것을 알 수 있었다.

그러던 중 스승이 연구하던 금지된 술법에 관한 책을 발견하였다. 이 술법은 고대 악마의 힘을 소환하는 술법이었는데, 스승이 이를 없애버리지 않았던 이유는 같은 맥락의 다른 고대의 힘을 불러내는 술법을 연구하기 위해서였다.

결코 그 스스로나 탁천군이 익히기 위해서 남겨둔 것은 아니었다. 만일 그의 스승이 있었다면 절대로 이 술법을 익히지 못하게 하였을 것이었다.

하지만 그의 스승은 이미 천수를 다하여 이승을 떠났고 그를 막을 수 있는 사람은 아무도 없었다.

결국 탁천군은 연구 끝에 금지된 술법을 시전 하였고 악마의 힘을 불러냈다. 그 악마가 사스투스였다.

현세로 소환된 사스투스는 탁천군을 제압하여 그의 몸을 획득하려고 하였고, 그제야 탁천군은 자신의 잘못을 깨달을 수 있었다.

이 술법은 단순히 악마의 힘을 소환하는 것이 아니라, 악마 자체를 불러내는 것이었다. 그리고 그 악마는 마스터의 경지에 오른 자신으로서도 감당하기 힘든 존재였다.

탁천군은 자신의 몸을 강탈하려는 악마에 혼신의 힘을
다해 맞서 간신히 그를 자신의 심장에 봉인하였다.

행여 악마의 힘에 사로잡혀 광기에 빠져들 것을 대비하
여 항마 결계를 치고 만일의 사태를 대비했던 것이 사스투
스의 봉인에 큰 도움을 주었다.

또한 사스투스 역시 뜻밖의 상성에 더 많은 힘을 끌어오
려다가 물질계로의 소환을 완전히 마차지 않았기에 가능
한 일이었다.

하지만 이미 탁천군의 영혼은 악마의 마기에 상당부분
변질되어 있었다. 또한 심장에 봉인된 악마의 역시 그 곳
에 가만히 있지 않았다.

만월이 뜨는 등의 음기가 강한 날에는 악마의 기운이
날뛰었고, 그럴 때는 정신을 잃고 살육을 벌이기도 하였
다.

그렇게 심성이 변한 탁천군은 많은 악행을 저질렀고, 종
내에는 마천이라는 단체까지 만들어서 악행을 벌였다.

나중에 이 사실을 알게 된 독고패는 탁천군을 막아 세우
고 자신의 온 힘을 다하여 봉인 역시 더 강화를 해주었지
만, 이미 변질된 그의 영혼은 어쩔 수가 없었다.

자신의 옆에 두어 치료를 해주고 싶었지만 탁천군은 그
것을 거부하였고, 이미 마천이라는 유니온과 위원회에 반
대하는 단체를 만든 그를 받아 줄 명분도 없었다.

이런 이유로 독고패는 탁천군을 놓아 둘 수밖에 없었다. 무림맹의 세력이 강한 중국에 일부나마 마천이 자리잡을 수 있었던 것도 이런 이유에서였다.

또한 이번에 위원회의 결의로 카오틱에빌 단체를 척결해야할 때도 무림맹에서는 마천을 적극적으로 제거하려 하지 않았다. 드러내 놓지는 못했지만 독고패는 탁천군을 돌보아주고 있었던 것이었다.

그런데 이번에 탁천군이 지금까지의 고집을 꺾고 투항을 한다고 하였고, 위원회에서도 그를 받아들일 수 있는 상황이 되자 독고패는 매우 기뻐하고 있었다.

공식적으로 그를 양지로 데려올 수 있는 상황이 된 것이었다. 독고패는 그를 자신의 옆에 두어 찬찬히 치료하면 탁천군의 그 광증도 고칠 수 있으리라 생각하였다.

하지만 지금 탁천군은 한 구의 주검으로 변해버렸다. 독고패가 세운 모든 계획이 틀어진 것이었다.

어느 정도 마음을 수습한 독고패는 찬찬히 탁천군의 시체와 방안의 상황을 살피기 시작했다. 흉수에 대한 심증은 있지만 현장의 상황에 대한 자세한 파악을 통해서 혹시 모를 변수를 찾는 것이었다.

먼저 눈에 띄는 것이 탁천군의 시체에 남겨져 있는 큰 상처에도 불구하고 집기류의 파손은 거의 없다는 것이었다.

그리고 여기까지 오는 동안 들은 진호철의 설명에 따르면 탁천군이 있던 별채에서 별다른 소리 또한 나지 않았다고 했다.

'종합해보면 차음강막에 호신강막까지 자유자재로 펼친다는 것이군. 거기다가 순간이동까지… 아. 마법은 같이 있던 여자가 쓴다고 했던가. 음… 마법에 대한 조치도 취해야겠군.'

독고패는 흉수가 퍼니셔라고 확신을 갖고 현장을 조사하고 있었다. 그도 그럴 것이 퍼니셔가 다크스타의 수뇌부를 처리하고 있었고, 탁천군을 처리할 수 있는 드러난 실력자는 현재 퍼니셔를 제외하고는 없었다.

물론 숨어있던 실력자가 있어서 갑작스럽게 탁천군을 제거했을 수도 있지만, 그럴 가능성은 극히 낮았다.

십수년간 활동했던 탁천군을 지금 이 시점에서 나서서 처리했다고 보기는 힘들었기 때문이었다.

'결국 위원회의 결의를 무시했다는 건데… 음… 공론화시키는 것이 나을까? 위원회의 결의를 무시했다는 사실만으로도 충분히 공공의 적으로 만들 수 있을 것 같은데 말이야. 하지만 웜홀 탐색기를 가지고 있는 이상 우리가 끌려 다닐 수밖에 없는 노릇이니….'

독고패는 고민에 고민을 거듭하였다. 만일 싸운다고 생각하면 승리를 자신하는 독고패였지만, 웜홀 탐색기가 커다란 변수였다.

　마법의 조종이라는 올림포스에서도 웜홀 탐색기의 원리조차 알지 못하는 형국에서 섣불리 자신이 퍼니셔를 제거해버려 웜홀에 대한 정보를 제공 받지 못한다면 더 큰 문제가 발생할 수 있었다.

　'일단 약점을 잡아보자. 그 과정에서 웜홀 탐색기에 대한 정보를 얻을 수 있다면 더 좋은 일이고, 만일 그게 안된다면 그 약점과 탐색기를 거래하는 방식으로 나아가도되겠지. 탐색기만 확보된다면 그 다음은… 복수의 시간만이 남을 뿐이다. 기다려라, 퍼니셔.'

　퍼니셔에 대한 복수를 다시 한 번 결의한 독고패는 휴대전화를 들어 어딘가로 전화를 걸었다.

3장. 공격

NEO MODERN FANTASY STORY & ADVENTURE

현세귀환록

현世
歸還錄

NEO MODERN FANTASY STORY & ADVENTURE

3장. 공격

"구양단주. 나 독고패요."

[아. 맹주님.]

"단도직입적으로 말하지요. 지금 하는 일을 최대한 빨리 정리하고 한국에 있는 KM 그룹과 그룹 회장 강민 그리고 그의 가족까지 철저하게 조사해서 내게 보고하시오."

[네, 알겠습니다. 맹주님. 어차피 지금 한국에서 의뢰를 수행하고 있으니 바로 착수할 수 있을 것 같습니다.]

"음? 한국에서 의뢰 중이라고? 무슨 일이오?"

무림맹의 시스템 상 맹주가 맹의 우두머리로서 무소불위의 권력을 쥐고 있지만 각 단(團)이나 전(殿), 대(隊)의 수장들의 재량권도 상당부분 있었다.

중요한 일이야 당연히 맹주의 재가를 받아야 하겠지만 일상적이거나 크지 않은 일들은 각 조직의 수장들이 알아서 처리하였다. 그러나 외국에서 의뢰를 하는 정도의 사안은 분명 맹주에게 보고가 되어야 하는 사안이었다.

　하지만 지금 구양단주가 맡고 있는 혈마단은 상황이 달랐다. 혈마단의 성향 상 자체적으로 자금을 조달하는 경우가 많이 있기 때문에, 맹주의 지시가 없다면 그 곳이 어디이든 자체적으로 의뢰를 받아서 운영 자금을 충당하곤 하였다.

　그도 그럴 것이 혈마단은 무림맹이 공식적인 조직은 아니었다. 맹주 직속의 숨은 조직으로 맹에서 공식적으로 처리하지 못하는 일을 처리해주는 해결사와 같은 조직이었다.

　혈마단의 태생은 무림맹의 뇌옥에서부터였다. 무림맹은 그들이 잡은 악(惡)성향의 무림인들 중에서 뇌옥에서 썩기보다는 제약은 있지만 자유를 누리고 싶어 하는 수감자들과 비밀리에 거래를 하였다.

　거래의 내용은 간단했다. 뇌옥에서 내보내주는 대가로 무림맹의 숨은 칼이 되는 것이었다.

　당연히 제약은 있었다. 그들을 믿을 수 없는 무림맹은 주기적으로 해독약이 필요한 독을 먹어야 했고, 전면에 드러나서 활동은 할 수 없다는 제약이었다.

　이런 제약이 걸린 자유지만 자유를 갈구하는 수감자들

은 많았기에 혈마단을 운영하는 것은 어렵지 않았다.

다만, 그들의 수장까지 수감자에게 맡길 수는 없었기에 혈마단의 단주는 맹주 직속의 수호대에서 믿을 만한 사람을 선발하여 임명하고 있었다.

이것이 혈마단이 다크스타에도 들지 않고 무림맹의 세력이 강한 중국에서 지금까지 버틸 수 있는 이유였다.

물론 비공식적이지만 무림맹의 산하 세력인만큼 카오틱 에빌임에도 불구하고 천인공노 할 큰 악행은 저지르지 않았다는 것도 있었다.

이런 이유들을 볼 때 지금 독고패가 지금 혈마단에서 하고 있는 의뢰를 모르는 것도 이상한 일은 아니었다.

구양 단주는 이런 질문을 종종 받았던 듯 자연스럽게 지금 하고 있는 의뢰에 대해서 간략히 설명하였다.

[한국의 현승그룹이라는 곳에서 천왕가의 잔당을 소탕하는 의뢰를 하였습니다. 의뢰 내용에 비해서 의뢰금액이 괜찮아서 지금 단원들을 투입하여 의뢰 수행 중에 있습니다.]

"아, 그렇지. 천왕가의 산하 조직이었던 현승이 역으로 본가를 먹었다고 했던가?"

[그렇습니다. 하지만 그 때 천왕가를 완전히 제거한 것이 아니라서 잔당들이 상당히 남아 있다고 하는 군요. 그 잔당들이 게릴라전을 펼치는데 피해액이 크다보니 저희에게 의뢰가 들어온 것 같습니다.]

"그렇군… 그럼 의뢰는 어느 정도 진행되었소?"

[처음에는 어렵지 않게 생각했고 실제로도 차근차근 처리해 나가 얼마 지나지 않아서 끝날 것이라 생각하고 있었는데, 최근에 그 잔당에 조력자가 들어왔습니다. 그 때문에 조금 힘들어져서 북경에 원군 요청을 검토하고 있었습니다.]

"조력자가 몇 명이나 들어 왔길래 그렇소?"

독고패가 알기로는 구양 단주는 마스터에 오르지는 못했지만 그래도 절정이 완숙한 경지, 유니온의 기준으로는 A+급의 무술가였다.

계기만 있다면 언제든 마스터급에 오를 수 있는 구양 단주이기 때문에 웬만한 의뢰는 그의 선에서 처리하곤 했는데, 원군의 요청이라는 말에 독고패는 궁금증이 생겼다.

[그게… 한 명입니다.]

"한 명? 한 명인데 자네가… 그렇군. 그 조력자가 마스터인가?"

A+급 무술가인 구양단주가 처리할 수 없다면 답은 하나였다. 아니나 다를까 구양단주의 입에서 독고패가 생각하는 대답이 나왔다.

[그렇습니다. 마스터입니다. 특이한 것은 많이 봐야 20대 후반에서 30대 초반 정도로 어린나이라는 것입니다. 그 마스터가 나온 이후로 천왕의 잔당을 처리하는 것에 상

당한 어려움을 겪고 있습니다.]

"이극민이 죽고 난 이후로 한국에 마스터라면… 아. 그렇지 최근 블랙카드를 받은 최강훈이라는 자가 있었지. 그 자도 나이가 얼마 되지 않았던 것 같은데, 그 자인가? 음? 그자는 지금 퍼니셔와 함께 움직이는 것으로 알고 있는데?"

이 질문에 대한 답은 독고패의 말을 듣고 있던 구양단주에게서 나왔다.

[최강훈은 아닙니다. 일을 착수하기 전에 한국에 있는 마스터에 대해서 파악해보니 이극민 사후에 현재까지 한국에 알려진 마스터는 최강훈 뿐이었습니다. 그래서 그에 대해서는 확실히 숙지하고 있었습니다만 이번에 그 젊은 마스터는 확실히 최강훈이 아니었습니다. 실제로 최강훈은 지금 각국을 돌면서 여행을 다니는 것으로 알고 있습니다.]

블랙카드를 사용해서 각 나라들의 출입국을 하다보니 출입국 심사가 편리하다는 장점은 있지만 이렇게 행적이 드러난다는 단점도 있었다.

"그래? 순간이동을 통해서 잠시 한국에 들어왔을 수도 있지 않은가?"

독고패는 마법에 능통한 유리엘이 최강훈을 순간이동으로 한국에 들여보내 주는 경우를 생각하여 반문하였다. 하지만 이어지는 구양단주의 말에 독고패도 최강훈이 아니라는 구양단주의 의견에 고개를 끄덕일 수밖에 없었다.

[순간이동이라… 그럴 수도 있겠네요. 그렇지만 이번 경우에는 확실히 최강훈은 아닙니다. 제가 최강훈이 전에 마물을 사냥했던 영상을 구해서 확인하였는데 그가 쓰는 무공과 이번에 만난 그 마스터의 무공은 확연히 달랐습니다.]

"흐음… 그렇다면야… 그렇다면 대체 누구지? 유니온에 등록되지도 않았다는 것이지?"

[네, 비밀리에 북경에 연락해서 유니온의 데이터베이스에 접속해보았지만 그쪽에서도 모르는 눈치더군요.]

카오틱에빌로 알려진 혈마단이 직접 유니온의 데이터베이스에 접근할 수는 없는 노릇이니, 북경의 무림맹 본단에 연락하였다는 이야기였다.

뜻밖의 상황에 잠시 생각을 가다듬다가 독고패는 말을 이었다.

"마스터라… 그렇다면 사천왕 중에 한 명을 보내… 음…."

독고패는 말을 마치지도 않은 채 생각에 잠겼다. 구양단주와 대화를 하는 동안 머릿속에 하나의 아이디어가 스쳐 지나갔기 때문이었다.

'퍼니셔가 이능세계에 정체를 드러내지 않으려 한다는 말은 일반세계와 이능세계를 구분해서 활동하고 싶다는 것이군. 아니 일반세계에 더 초점을 맞추고 있는 것이겠

지. 이능세계에서는 위원회의 위원이 될 기회도 저버리고 일반세계에서 대기업을 운영하는 것을 보면 말이야.'

구양단주와의 전화를 끊지도 않은 채 독고패의 생각은 계속 이어졌다.

'그렇다면 이능세계에서 압박보다 일반세계에서의 압박이 더 효과를 발휘할 수도 있겠는데? 그래… 그렇지… 그러면 지금 의뢰를 받았다는 현승을 이용해서 퍼니셔를 압박하는 것도 방법이 될 수 있겠군. 현승은 오랫동안 한국의 정계와 재계를 좌우했다고 하니 퍼니셔에 대한 정보를 얻기도 더 좋고 말이야.'

생각을 정리한 독고패는 구양단주에게 명했다.

"구양단주, 현승을 장악하는 것은 어떻소? 가능하겠소?"

갑작스러운 독고패의 말에 구양단주는 빠른 속도로 머리를 굴리더니 입을 열었다.

[현승에 자체 경호단체와 그레이울프 출신의 용병들이 몇 있긴 하지만 장악하는데 큰 어려움은 없을 것 같습니다. 그런데 장악이라면 어느 정도 수준을 원하시는 것입니까?]

"말 그대로 장악이오. 그들이 가지고 있는 무력은 다 제거해 버리고 우리의 꼭두각시로 만드는 것이지. 다만, 여기서 무림맹이 드러나지 않도록 조심해주시오."

현승을 장악하는 일은 철저히 혈마단의 독단적인 일로
행하여져야 하는 일이었다. 무림맹이 드러난다면 위원회
에서의 입장이 곤란해질 수도 있었기에 하는 당부의 말이
었다.

　[당연한 말씀이십니다. 절대 무림맹이 드러나는 일은 없
도록 하겠습니다. 꼭두각시라면 가족들을 인질로 잡고, 유
현승 본인에게는 우리 단원들이 먹는 지옥환(地獄丸)을 조
절해서 먹이면 될 것 같습니다. 다만….]

　"다만?"

　[그런 식으로는 오랫동안 장악하기는 힘들 것 같습니
다.]

　"왜지?"

　독고패의 질문에 구양단주는 조심스럽게 답을 하였
다.

　[행여 그들이 유니온에게 도움을 요청 한다면 힘들어지
지 않겠습니까? 저희 입장에서 유니온과 전면전을 벌일
수도 없고 말입니다.]

　"유니온과의 접촉이 불가능하도록 막으면 되지 않을
까?"

　[당연히 저희가 감시는 하겠지만, 지금까지 살펴본 결과
현승의 회장이나 사장은 유니온의 한국 지부장과 정기적
으로 만나고 있었습니다. 그런데 우리가 장악한 이후 일방

적으로 만남을 거부하다보면 유니온의 의심을 살수도 있고 결국 그 쪽에서 알아보지 않겠습니까?]

타당한 가정이었다. 단기적으로는 핑계를 대어 접촉을 막을 수 있겠지만, 길어진다면 이상함을 느낀 유니온에서 충분히 알아볼 가능성이 있었다.

"그렇겠군."

독고패가 자신의 의견에 동의하는 듯하자 구양단주는 자신감 있게 말을 이었다.

[수뇌부를 꼭두각시로 만드는 것 보다 차라리 빠른 시간 내에 현승그룹을 해체시켜 저희 천하그룹으로 편입시켜버리는 것이 낫지 않겠습니까?]

구양단주는 독고패가 현승을 집어삼키는 것에 관심을 가지고 있다고 판단하여 해체 후에 편입을 권하였지만 그룹을 해체하는 것은 독고패가 원하는 것이 아니었다.

"그건 안 돼. 지금 내가 원하는 것은 현승그룹 자체가 아니라 현승이 한국의 언론계나 정계에 가진 영향력이 필요한 것이야. 해체해서 편입한다면 그런 영향력을 가지기는 힘들겠지."

[영향력이면 우리 천하그룹을 움직이시거나 아니면 중국 정부를 통해서도 가능하시지 않겠습니까?]

"그렇게 되면 우리가 드러나겠지."

[아….]

독고패는 구양단주에게 자신의 계획을 간단히 알려주었다. 실제 일을 처리할 구양단주이기에 자신의 의도는 알고 있어야 한다는 생각에서였다.

그래서 독고패는 퍼니셔가 웜홀 탐색기를 제공한 것부터 그 때문에 퍼니셔의 눈치를 볼 수밖에 없음을 알려주었다.

또한 퍼니셔가 KM 그룹의 회장인 강민이라는 사실과, 강민이 퍼니셔임을 감추고 일반세계에 더 초점을 두고 움직인다는 사실도 언급하였다.

그래서 자신이 이능계가 아닌 일반세계에서 강민의 약점을 잡으려한 다는 것과 그것를 위해서 현승을 삼키려고 한다는 등의 개괄적인 계획에 대해서 구양단주에게 설명하였다.

독고패의 설명을 듣고 나자 구양단주는 이해했다는 듯이 말을 이었다.

[그랬군요. 퍼니셔가 한국인이었다니… 어쨌든 맹주님의 의도는 잘 알겠습니다.]

"나 역시 자네의 말이 무슨 뜻인지 이해하겠네. 그렇다면 유니온에서 알아차리기 전에 서둘러 목적을 달성하는 것으로 해야겠군. 일단 현승은 장악하면 다시 연락을 주게나."

[네, 알겠습니다. 그렇다면 지금 의뢰는 어떻게 하면 되

겠습니까? 아까 전에 말씀하시던 사천왕님은?]

"어차피 의뢰주를 처리할 것인데 굳이 의뢰 완료에 연연할 필요는 없겠지. 음… 그래도 굳이 분란의 소지를 남겨둘 필요는 없을 것 같군. 혁군에게 말해둘테니 자네가 잘 안내해서 처리하도록 하게나."

[혁군이라면 권왕(拳王) 말씀이시군요. 권왕 조혁군이라면 그 애송이 마스터 정도는 문제 없겠지요. 잘 처리하도록 하겠습니다.]

"그래, 조만간에 본단에서 보세."

[그 말씀은…. 아, 혈마단은 청산하는 것입니까?]

독고패의 조만간에 보자는 말의 뉘앙스에서 뭔가를 느낀 구양단주가 반문하며 말했다.

"그렇지. 의뢰주를 집어삼키니 당연히 그 이름으로는 다시 의뢰를 받기 힘들지 않겠나?"

독고패의 말처럼 의뢰주를 삼켜버린 집단에 의뢰를 맡길 조직은 없을 것이다. 물론 압도적으로 의뢰주가 강하다면 모르겠지만, 지금의 행동이 알려진다면 신뢰의 문제 때문이라도 혈마단에 의뢰를 주지는 않을 것이었다.

[제가 당연한 것을 여쭈었군요. 어쨌든 청산한다 생각하니 시원섭섭하군요.]

"이번에는 좀 길었지? 5년을 생각한 것을 10년 가까이 했으니 말이야. 수고 많았네."

무림맹은 벌써 수차례 이런 혈마단과 같은 조직을 운영해 왔었다. 오랜 역사를 자랑하는 무림맹인 만큼 이런 조직을 희생하면서 해야 하는 임무도 종종 있었고, 그런 일 이후에는 단을 해체하고, 다른 사람들과 다른 이름으로 새로운 단을 구성해오고 있었다.

[아닙니다. 좋은 경험이었지요. 혹시 차기는 생각하신 것이 있으십니까?]

"차기라… 북궁호가 어떨까? 자네 생각은 어떤가?"

[호야라면… 괜찮지요. 충분히 자기 몫을 할 녀석입니다.]

"그래. 그래서 그 녀석을 쓰려고 해. 아. 이번 단원 중에서는 쓸만한 녀석이 있던가?"

[네. 다섯 명 정도는 맹원으로 받아들여도 될 것 같습니다.]

"다섯 명이라… 그래 단을 청산할 때 잘 조치하도록 하게나."

[네, 알겠습니다.]

"그럼 수고하게나."

[네, 맹주님.]

단을 청산하고 나면 어차피 기존에 단원들을 쓸 수가 없었다. 그렇기에 그간 검증 되었던 단원들은 신분을 세탁하여 공식적인 맹원으로 받아들이고, 검증에서 탈락한 단원은 당연히 비밀의 엄수를 위해 몰래 처리해 버렸다.

무림맹의 비정한 모습을 보여주는 단면이라고 할 수 있었다.

❖

이능세계에서 혈마단은 그렇게 세계적인 조직은 아니었다. 동북아, 동남아 정도의 동아시아를 무대로 활동하는 소수 정예의 청부조직 정도로 알려져 있었다.

물론 실제로는 더 큰 역량을 발휘할 수 있지만 너무 크게 이름이 나면 오히려 활동하기가 더 힘들어지기 때문에 혈마단은 딱 알려진 정도의 역량만 보여주고 있었다.

그런 이유로 현승이 혈마단을 고용해서 복천을 상대할 때에도 이런 일이 벌어질 것이라는 생각은 전혀 하지 않았다.

지금 현승의 회장실에는 구양단주를 비롯한 세 명의 혈마단원이 회장실을 점거하고 있었다.

정확히 말하자면 회장실의 문 앞에는 경호원으로 보이는 두 명의 검은 정장 남성이 피를 흘리며 바닥에 쓰러져 있었고, 당황해 하는 유현승 회장의 앞에는 구양단주와 혈마단원이 여유롭게 서 있는 모습이었다.

유현승 회장의 표정은 차갑게 굳어있지만 떨리고 있는 손을 보니 긴장하고 있음이 역력히 드러났다.

유 회장은 자신이 긴장하고 있음을 감추려고 하는지 큰 목소리로 그들의 정체를 물었다.

"네… 네 놈들은 대체 누구냐!"

"음? 허허, 이거 참 아직 우리가 누군지 모르는 건가? 의뢰가 유회장 지시로 이루어진 것이 아닌가? 뭐 어쨌든 아직 모르겠다면 정식으로 내 소개를 하도록 하지. 나는 혈마단의 단주인 구양풍이라고 하네."

"혈마단! 아니 혈마단이 왜…."

"아. 우리 단의 이름을 아는 것을 보니 유회장도 알고 있었나보군."

유현승 회장이 직접 지시한 것은 아니었지만 아들인 유태우에게 들어서 혈마단을 고용한 사안에 대해서는 알고 있었다.

하지만 이런 식의 전개가 가능할 것이라고는 추호도 생각하지 않았기 때문에 놀라움은 더 클 수밖에 없었다.

"의… 의뢰비가 부족한 것이오? 그… 그렇다면 추가 비용을 더 주겠소."

유현승은 긴장으로 떨리는 목소리를 가다듬으며 구양풍에게 간신히 말을 건넸다.

"의뢰비? 그렇지. 의뢰비가 부족하지."

구양풍의 말에 유현승은 반색하며 재채 말했다.

"의뢰비 때문이라면 내가 두 배. 아니 세 배를 지급하라

하겠소. 그 때 의뢰비가 백억이라고 했었소?"

"그래 백억이었지. 그럼 세 배면 삼백억인가?"

"그렇소. 또한 의뢰결과를 불문에 붙이고 여기서 의뢰 종결한 것으로 해주겠소."

지금 이 순간을 모면하기 위해서 유현승은 파격적인 제 안을 하고 있었다. 현실적으로도 이런 집단과 계속 같이 일 할 수 없을 것이라는 생각도 내포되어 있는 제안이었 다.

"흐음. 그 말을 믿을 수 있을까?"

"믿지 못하겠다면 지금 바로 원하는 계좌로 돈을 보내 주겠소. 돈보다 금이 좋다면 금으로 지급하여 줄 수도 있 소."

금으로 지급한다는 말은 그룹의 자산이 아니라 유현승 개인의 재산으로 준다는 말이었다. 삼백억이 적은 돈은 아 니었지만 유현승은 충분히 이 정도 돈은 즉시 지급할 수 있는 역량을 가지고 있었다.

"그런 푼돈보다 현승을 통째로 먹는 것이 낫지 않을까? 크크큭."

그 말을 듣고 나자 유현승의 머리는 차갑게 식어갔다. 애초에 이들은 이럴 생각인 것 같았다. 또한 그들의 행동 으로 보아 자신 역시 살려둘 생각이 없어 보였다.

그렇게 살고자 하는 희망을 버리니 지금 상황이 냉정하

게 눈에 들어왔다. 머리가 식으며 겉으로는 탐욕 어린 말과 말투를 보이고 있는 구양풍의 차가운 눈빛도 보였다. 그의 눈빛은 그가 돈에 탐욕을 보이는 것이 아니라는 것을 말해주고 있었다.

다른 세 명의 남자들은 모르겠지만, 구양풍과 같은 눈빛을 한 자는 돈 때문에 신의를 버리는 자가 아니었다. 긴장으로 떨 때는 몰랐지만 지금은 그의 눈빛 깊숙한 곳에서 신념과 충성이 보이고 있었다.

유현승은 가만히 구양풍의 눈을 바라보다가 나지막이 입을 열었다.

"이렇게 하는 진짜 목적은 무엇이오?"

구양풍은 유현승의 분위기가 바뀐 것을 알아차렸지만 내색하지 않고 전과 같은 분위기로 말을 이었다.

"진짜 목적? 아까 말 그대로야. 현승을 먹어 삼키려고 그러지. 크크큭."

"아니, 당신 같은 눈을 하고 있는 자는 결코 사사로운 이익 때문에 움직이는 사람이 아니지. 굳이 돌려 말하지 않고 진짜 목적을 말해준다면 당신의 일이 더 쉽지 않겠는가?"

이번에는 구양풍의 침묵이 이어졌다. 잠시 유현승을 바라보던 구양풍은 이내 고개를 끄덕이며 말했다.

"역시, 그 자리까지 그냥 올라온 것은 아니군. 그래 쉽게 가지. 나는 KM 그룹에 볼 일이 있어. 이 현승그룹을 이용해서 KM 그룹을 압박하는 것, 정확히 말하자면 강민 회장을 압박하는 것이 목적이다."

"KM 그룹? 이 정도 무력이라면 직접…. 아… 최강훈이 있었지. 이렇게 대단해 보이는 당신도 마스터는 두려운가 보군."

이미 블랙 헌터카드를 발급받은 최강훈은 이능세계에서 꽤나 유명세를 갖고 있었다. 유현승은 마나를 다루는 이능력자는 아니지만, 과거 천왕가와 같이 했었던 만큼 이런 이능세계에 대해서 나름의 정보망을 갖고 있었다.

그렇기 때문에 KM 가드의 이사인 최강훈이 마스터급 능력자라는 것을 이미 알고 있었다.

"큭. 마스터 하나 때문에 우리가 이럴 것이라 생각하나? 우리를 과소평가하는 군. 유회장은 아직 모르겠지만 너희들이 처리하기를 바라는 복천이라는 놈들도 새로운 마스터를 하나 데려왔더군."

"마스터! 복천에 마스터가 있었소?"

복천에 마스터가 왔다는 말에 유현승은 깜짝 놀랐으나 구양풍은 대수롭지 않은 듯 말을 이었다.

"뭐 그리 놀랄 필요는 없어. 그 놈은 곧 처리 될테니까. 우리 또한 그 놈을 처리하기 위해서 다른 마스터를 불렀으니 말이야."

"허어…."

유현승이 알기로는 마스터라는 존재는 극히 드물게 나타난다고 알고 있었다. 실제로 이극민이 마스터가 되기 전까지 한국에는 알려진 마스터가 없었다. 하지만 지금은 마스터 급의 강자가 여기저기서 나타나고 있었다.

'일반인 중에서도 이능력을 깨우치는 자들이 많다더니 마스터도 여기저기서 나오는 군… 시대가… 시대가 변하고 있는 것인가….'

마스터급에 오르려면 오랜 기간 동안의 수련이 필요했기 때문에 일반인이 초급 이능력자가 되는 것과는 전혀 다른 이야기였지만, 시대가 변하였다는 말은 맞는 말이었다.

세상을 위협하는 마물도 일반인들에게 공개되면서, 이능 역시 비의(秘意)로서 숨겨져 있는 것이 아니라 드러났다.

그러면서 이능력자들이 세상의 이면에서 활동하는 것이 아니라 전면에 드러나서 움직일 수 있게 되었다. 시대가 변한 것이었다.

마스터를 동원한다는 말에 놀라는 유현승을 보며 구양풍은 대수롭지 않은 듯 말을 이었다.

"어쨌든 KM 그룹을 직접 건들지 못하는 이유는 최강훈 때문이 아니야. KM 그룹에서, 아니 강민 회장이 지금 유니온에서 제공하는 웜홀 탐색기의 주인이기 때문이다."

"그… 그런…."

구양풍은 강민이 퍼니셔인 것까지는 말하지 않았지만 웜홀 탐색기의 주인이라는 사실은 언급하였다. 유현승이 무엇을 목표로 움직여야 하는지 알아야 했기 때문이었다.

"그 웜홀 탐색기에 대한 정보를 알아내어, 결과적으로는 우리가 웜홀 탐색기를 구현할 수 있도록 하는 것이 이번 계획의 목표이다. 이 계획에 현승을 이용하게 된 것은, 강민은 이능력자이면서도 이능세계에서는 드러나지 않으려 하고 있으니 이능세계보다는 일반세계에 주력한다고 판단했기 때문이지. 그래서."

"그래서, 현승을 통해서 그를 압박하려고 우리를 집어삼키려고 하는 것이군."

구양풍은 자신의 마지막 말을 유현승이 끊고 대신 말했지만 불쾌해 하지 않고 웃으며 말했다.

"그래, 유회장. 어쨌든 내가 이렇게 구구절절하게 설명해 주는 이유를 알겠지?"

"목적을 알고 능동적으로 움직여 주기를 바라는 것 아니오?"

"크큭. 역시 그 자리까지 놀면서 올라온 것은 아니군."

"무슨 의도인지는 알겠소. 다만, 하나만 물어봅시다. 일이 끝나고 우리 현승은, 아니 나와 내 가족은 어찌되는 것이오?"

당연한 질문이었다. 그리고 답 역시 당연하였다.

"물론 일이 잘 끝나면 우리는 물러나 드리지. 애초에 말한 것처럼 우리의 목적은 돈 따위가 아니니 말이야."

자연스러운 구양풍의 답변과는 달리 유현승의 머릿속은 복잡하였다. 일을 시키는 입장에서 살려둘 것이라고 답을 하는 것은 당연하였다.

문제는 일이 끝난 후에 지금의 답변을 보장받을 수 없다는 점이었다. 특히, 유현승의 생각에는 지금 자신은 너무 많은 정보를 알고 있다고 느껴졌다.

그렇다는 말은 일이 끝난 후에는 살인멸구(殺人滅口)로 이어질 가능성이 높다는 이야기였다.

하지만 유현승은 구양풍의 말을 들을 생각이었다. 아니 다른 선택의 여지가 없었다.

그의 말을 듣지 않는다면 지금 이 순간조차 벗어나기 힘들었다. 어떻게든 그의 말을 듣고 일을 해나가면서 살 길을 찾아야 할 것이었다.

이미 죽을 각오를 하였지만 실낱같은 희망이라도 살아날 희망이 있다면 유현승은 적극적으로 그 실낱을 부여잡을 생각이었다.

"알겠소, 그럼 일이 끝날 때까지 잘 부탁드리오. 일이 끝나면 다시 보는 일은 없었으면 좋겠구려."

유현승은 내심을 감추며 구양풍에게 말을 건냈다.

"크큭, 좋아. 좋아. 아. 그리고 서로 신뢰할 수 있는 사이는 아니니 이 약을 먹어주면 좋겠군. 유회장."

구양풍은 주머니에서 손톱만한 환약을 꺼내면서 말했다. 환약은 금박의 종이에 싸여있었는데 구양풍이 종이를 풀자 환약에서는 약 특유의 씁쓸한 냄새가 피어올랐다.

"무슨 약이오?"

"크큭. 지금 이 순간 살아남으려면 먹어야 하는 약이지. 그리고 일주일 단위로 해약을 먹지 않아도 죽는 약이고."

"…그 말은 만일 그 쪽이 일주일이 지나도 해약을 주지 않는다면 나는 죽고 말겠군."

"뭐. 그렇긴 하지. 그렇지만 지금 이 자리에서 죽는 것보단 낫지 않은가? 그리고 그렇게 된다면 당신을 처리하고 당신의 아들에게 같은 제안을 하겠지. 너무 걱정하지 말게나. 일이 다 끝나면 완전한 해약을 줄테니 말이야."

그 말을 들은 유현승은 자신에게 선택의 여지가 없음을 알 수 있었다. 구양풍의 손에서 빼앗듯이 환약을 집어들은 유현승은 물도 마시지 않은 채 환약을 꿀꺽 삼켰다.

식도를 타 넘어간 환약은 얼마 지나지 않아서 유현승에게 엄청난 고통을 안겨주었다.

"으윽…. 윽… 끄윽… 으으윽…."

유현승이 고통을 참는 모습을 보고 있던 구양풍은 약간 감탄한 듯한 말투로 그에게 말했다.

"호오… 아무리 약효를 낮추었다 해도 일반인이 견디기 쉬울 고통이 아닌데… 대단하군, 유회장. 어쨌든 일주일마다 내가 주는 약을 먹지 않는다면 이런 고통에 몸부림치다가 이 세상을 떠나고 말테니 잘 협조 부탁하네. 하하하."

✢

강민 일행의 여행은 어느새 2개월이 넘어섰다. 그 동안 일행은 유럽을 거쳐 잠시 이집트와 두바이, 인도를 들렀고 지금은 태국의 수도 방콕에 도착해있었다.

배낭여행객들의 메카라고 불리는 카오산로드를 관광하고 있던 중 강민은 한통의 전화를 받았다. 장태성 실장이었다.

[회장님!]

"장실장님, 정기 보고 시간이 아닌데 무슨 일이시죠?"

아무리 강민이 대부분의 회사일을 장태성 실장에게 위임 해놓는다 하더라도 강민의 의사판단이 필요한 부분이 있었다.

그렇기 때문에 매일 한차례 정도는 특이사항에 대한 동향보고를 하고 일주일에 한번 정도는 그 주의 주요 사안에 대해서 보고를 하고 있었다.

정기보고는 강민이 있는 시간을 기준으로 보통 저녁 8

시에서 9시 정도 사이에 하고 있었는데, 지금은 아직 오후 2시 밖에 되지 않아 강민의 물음은 당연한 일이었다.

[회장님. 검찰에서 압수수색이 들어왔습니다.]

"압수수색이요? 무슨 건으로 들어온 것이죠?"

[탈세와 드림시티 건설 관련한 금품로비 명목이었습니다. 혹시 집히시는 곳이 있으신지요?]

일반적으로 대기업에서는 음성적, 양성적 정치후원금을 많이 제공하고 있었다. 아무래도 순환출자나 편법 경영권 승계 같은 작업을 하기 위해서는 정치권과 척을 지고서는 힘든 것이 많았기 때문이었다.

하지만 KM 그룹에서는 그런 아쉬운 것이 없기 때문에 정치인들에 대한 후원을 일절 하고 있지 않았다. 그렇기 때문에 정치인들의 타겟이 될 가능성은 다분히 있었다.

물론 그렇다고 해도 KM 그룹은 전혀 불법적인 일을 하고 있지 않기 때문에 걸릴 것은 없었다.

다만, 정권에서 마음먹고 괴롭히기 시작한다면 어떻게든 꼬투리를 잡을 수 있을 것이었다. 지금의 경우도 그럴 가능성이 높았다.

"글쎄요. 전혀 집히는 바가 없군요. 장실장님도 회사 전체의 세금 납부 현황을 다시 한 번 살펴서 관행이라는 이름으로 탈세가 일어난 것이 있는지 한 번 더 확인해 주세요. 또한 사업을 진행하면서 로비가 있었는지 여부도 확인

해주시구요."

[네, 알겠습니다. 회장님. 그런데 별도로 대응하지 않아
도 되겠습니까?]

"어떤 대응 말이죠?"

[저희 고문 변호사들의 인맥을 통해서 수사결과를 알아
보고, 필요하다면 개별적인 접촉을 하는 등의 대응을 말씀
드리는 것입니다. 그리고 필요하다면...]

"괜찮습니다. 죄가 있다면 벌을 받을 것이고, 없다면 별
일이 없겠지요. 굳이 그렇게까지 할 필요는 없을 것 같군
요."

[그래도… 정권에서 타겟을 잡고 그룹을 공격한다면 없
던 죄도 만들어지지 않겠습니까? 그간 우리 그룹이 너무
정치권에 무심했던 것도 있으니 적당히 약을 치는 것
도….]

이미 오랫동안 사업을 해왔었고 실패도 맛보았던 장태
성 실장으로는 당연한 반응이었다. 오히려 지금까지 너무
정치권에 무관심했던 것이 이상하다고 생각하고 있었다.

이 정도로 크게 사업을 한다면 정치권과 뗄래야 뗄 수
없는 사이가 되는 경우가 많은데 이상하게도 KM그룹은
그런 쪽으로는 무관심했기 때문이었다.

그래서 장태성 실장은 지금의 상황을 올 것이 왔다고 판
단하고 그에 맞는 대응을 이야기 한 것이었다. 하지만 강

민의 생각은 전혀 달랐다.

"장실장님. 아직도 그런 생각입니까? 그런 것은 필요 없으니 정도대로 일을 추진하세요."

[정도대로라면….]

"조금 전 말씀드렸듯이 죄가 있으면 벌을 받는다는 말이죠."

[회장님… 그건 너무 정석적으로 생각하시는 것 아닐까요?]

정석적이라는 말은 순화시켜서 말한 것이고 장태성은 지금 강민이 너무 순진한 것 아니냐는 말을 하고 있는 것이었다.

지금까지 강민이 나이가 어려서 판단을 그르친 경우는 없었지만, 이번의 경우에는 장태성이 느끼기에 강민이 정치권의 생리를 너무 모르고 행동하는 것이 아니냐는 생각이 들었다.

정권에서 악한 마음을 먹는다면 일개 회사인 KM 그룹은 충분히 어려워 질 수 있었다. 그렇기에 다른 대기업들은 사전에 충분히 그런 정치인들과 공무원들과의 접점을 만들어놓고 관리를 하는 경우가 많았다.

그러나 강민은 여전히 완고했다. 장태성의 말을 못 알아들은 것은 아니지만 그런 이유로 스스로의 판단을 바꿀 생각은 전혀 하지 않고 있었다.

"괜찮습니다. 정도대로 했는데도 계속 그렇게 나온다면 나도 생각이 있습니다. 그러니 정도대로 대응하세요."

이렇게까지 이야기하는데 아랫사람인 장태성이 강민에게 더 이상 이 부분에 대해서 말할 수는 없었다. 결국 장태성은 내키지 않았지만 강민의 말을 따를 수밖에 없었다.

[네. 알겠습니다. 회장님, 나중에 별도로 결과보고 하겠습니다.]

"네, 수고하세요."

전화를 끊은 강민에게 옆에 있던 유리엘이 물었다. 유리엘은 전화기에서 나오는 장태성의 목소리를 다 들을 수 있었기에 그녀에게 별도의 설명은 필요 없었다.

"탈세와 로비라니 무슨 일일까요?"

"글쎄, 처음의 황금거래는 유니온에서 알아서 처리 했을테니 신경 쓰지 않아도 될 것이고, 그 이후로는 별 다른 건이 없을 건데 말이야. 로비도 지시한 바가 없고 말이야."

KM 그룹은 강민이 깨끗한 기업을 목표로 만들었기 때문에 그런 불법적인 일을 일체 벌이지 못하도록 하였다. 그런데 이런 수사라니 뭔가 이상한 낌새가 느껴졌다.

유리엘 역시 그런 느낌을 받았는지 먼저 강민에게 물어보았다.

"한번 알아볼까요?"

"그래, 한번 알아봐 줘. 갑자기 이러는 게 뭔가 있는 것 같네."

둘의 대화를 신중하게 듣고 있던 엘리아는 최강훈에게 잠시 쉬어가자고 말을 전했고, 그렇게 카오산 로드를 걷던 일행은 한낮의 더위를 피한다는 명목으로 길거리에 있는 펍(PUB)에 들어갔다.

넓은 테이블에 앉아서 열대과일 음료를 시키는 동안 유리엘은 잠시 눈을 감고 집중하기 시작했다.

5분여가 지나자 시켰던 음료가 나왔고 그걸 알기라도 한 듯이 유리엘은 감았던 눈을 떴다.

그런 유리엘을 보고 있던 강민은 다른 일행이 걱정하지 않도록 심어로 그녀에게 물었다.

[오래 걸렸네. 무슨 일이야?]

5분이면 오래 걸렸다고 하기에는 짧은 시간이지만, 강민은 그녀의 능력을 알고 있었다. 그녀의 능력이면 순식간에 알아볼 수 있을 것이라 생각했는데, 이 정도 시간이 걸렸다는 것은 뭔가가 있다는 말이었다.

아니나 다를까 유리엘은 살짝 미간을 찌푸리며 강민에게 대답했다.

[이거 참. 복잡하게 엮여 있네요. 꽤 시간을 넘겨가며 찾았는데 뿌리까지는 못 찾았어요. 뿌리까지 뒤져보려면 시간도 시간이지만 마나 위성의 자체 마나까지 상당히 써야겠는데요?]

마나 위성은 엄청난 정보를 알 수 있게 해주는 장치였지만, 절대적인 것은 아니었다.

지금 순간의 실시간 정보를 찾는 것에는 절대적이라 할 만큼의 정보를 제공하고 소모되는 마나도 거의 없었지만, 과거의 지나간 정보를 찾아내는 것은 한계가 있었다.

이는 마나 위성의 데이터가 특정 매체에 저장되는 방식이 아니기 때문이었다. 사실 마나 위성은 지구상에 모든 정보를 대상으로 감시를 하다보니, 특정 저장매체에 정보를 저장해 놓는 것은 거의 불가능 하다고 할 수 있었다. 그리고 큰 의미도 없었다.

하루 아니 한 시간에 벌어지는 일에 대한 정보만 저장하더라도 그 정보의 양은 엄청날 것이었다. 그런 정보를 담으려면 엄청난 용량의 저장 공간이 필요하다 할 수 있었다.

하지만 그런 정보들 중에서 의미 있는 정보는 극히 일부분이었다. 대부분의 풀벌레들의 소리나, 파도나 구름의 움직임 등 저장할 가치가 없는 정보가 대부분이라는 이야기였다.

이런 이유로 마나 위성의 정보는 매체에 저장이 되는 것이 아니라 지구의 마나장에 정보를 흘려보내는 방식이었다.

이렇게 흘려보낸 정보는 처음에는 그 형태를 유지하고

있을 것이지만 시간이 갈수록 거대한 마나장에 희석되어 찾기가 힘들어 질 것이었다.

그나마 마나 파장이 큰 이능세계의 정보는 좀 더 오랜 시간 형태를 유지할 것이지만, 단순한 자연현상이나 마나가 없는 일반인들의 일은 오래 버티지 못하고 얼마 지나지 않아 희석되어 사라져 버릴 가능성이 높았다. 그리고 이렇게 희석되어 버린 정보를 찾기는 거의 불가능한 일이었다.

그러나 유리엘의 능력이라면 그 마나장을 뒤적여 하루나 이틀 정도로 단기간을 거슬러 올라가서 정보를 찾는 것은 크게 어려운 일은 아니었다.

다만, 거슬러 올라가는 시간이 일주일 이상으로 시간이 길어지면 마나 소모가 기하급수적으로 늘어났다. 이미 희석되어 버린 정보를 조합하여 원 상태로 돌리는 것이 힘들기 때문이었다.

비유하자면 이렇게 시간을 거스르며 정보는 찾는 작업은 유리컵을 박살낸 다음 원래의 형태로 돌리는 작업이라 할 수 있었다.

지나간지 얼마 되지 않은 정보는 상대적으로 큰 조각을 갖고 있어 원상태로 돌리기 힘들지 않았지만, 시간이 갈수록 그 조각이 잘게 부스러져 원래대로 돌리는 것이 힘든 것과 마찬가지였다.

만일 한 달 이상을 거슬러 올라간다면 몇 개의 마나 위성은 마나 충전을 위해서 임시적인 휴지기에 들어가야 할 정도 마나 소모가 심한 작업이었다.

[그래? 일단 파악한 것만 말해줘. 필요하면 그 때 더 찾아보지.]

[일단 파악한 것으로는 이번 압수 수색의 배후는 현승에 있는 것 같아요.]

갑자기 나온 현승이라는 이름에 강민은 의아한 듯 유리엘에게 되물었다.

[현승? 현승이 왜?]

[지금 현승은 혈마단이라는 조직에 점거당한 상태에요. 그리고 혈마단의 배후에도 누가 있는 것 같은데 그 이상 찾으려면 시간을 좀 들여야 할 것 같아요.]

[배후라… 배후가 있다면 결국 그 배후와 연락하겠지, 굳이 마나와 심력을 소모해서 찾을 필요까진 없어. 그리고 어느 정도 각이 나오잖아. 직접 나서는 게 아니라 현승을 장악해서 KM 그룹을 건든다면 말이야.]

유리엘의 간단한 상황설명만 듣고도 강민은 어느 정도 배후를 짐작하였다. 유리엘 또한 강민의 반응에 그들이 추측된다는 듯 말을 이었다.

[그렇군요. 직접 나서지 않는다는 말은 퍼니셔를 알고 있다는 말인데 그래도 건든다라… 대강 윤곽이 나오는데

요? 위원회 쪽이겠죠?]

　이능을 가진 능력자가 직접 나서지 않고 다른 사람을 앞
세운다는 말은 강민이 누군지 알고 있다는 의미였다. 즉,
강민에게 자신들의 정체가 드러나길 꺼린다는 말이었다.

　사실 이능세계에서 퍼니셔는 상당히 유명한 이름이었
다. 블랙카드를 가진 최강훈이 일반세계에 이름난 것보다
더 유명하다고 할 수 있었다.

　최근에 벌어진 다크스타의 수뇌부들을 처리한 것까지는
알려지지 않았을지 몰라도, 일본의 절대강자인 쇼군과 헤
이안을 한 번에 처리한 것은 엄청나게 유명한 사건이었다.

　그렇기 때문에 이능계의 상위권 조직이나 능력자들 사
이에서는 퍼니셔는 모를 수가 없는 이름이었다. 이런 상황
에서 KM그룹에 접근하여 공세적인 입장을 취한다면 정답
은 하나 밖에 없었다.

　[그렇지. 퍼니셔임을 알고 있는데 이렇게 자극한다는 것
은 우리가 두렵지 않다는 것일텐데, 그래도 직접 나서지
못한다는 것은 뭔가 우리에게 아쉬운 것이 있다는 것이겠
지. 결국 우리가 제공하는 웜홀에 대한 정보 때문에 이런
일이 벌어졌을 가능성이 높지.]

　[위원회 전체의 생각일까요?]

　[글쎄, 혈마단이라는 것을 보니 일단 무림맹은 끼었을
것 같은데… 전체일지는 모르겠네. 뭐 상관은 없잖아. 어

현세귀환록 117

차피 이놈들을 처리하고 나면 꼬리가 드러날 것이고, 꼬리를 당기다 보면 몸통이 나오겠지.]

강민의 말을 듣던 유리엘은 갑자기 생각났다는 표정으로 그에게 말했다.

[이번 기회에 이능세계뿐만 아니라 일반세계도 좀 정리하는 건 어때요?]

[일반세계?]

[이런 식으로 정권의 압력이 들어오면 아무리 대기업이라도 흔들릴 수 있잖아요. 특히 이번 같은 경우는 드림시티를 그 도구로 이용해서 KM그룹을 압박하고 있는데 나중에 서영이가 알게 된다면 꽤나 마음고생 할 것 같아요. 자책할 수도 있고. 앞으로 이런 일이 생기지 않게 하려면 한 번 정리하는 것도 좋지 않겠어요?]

드림시티는 강서영이 야심차게 추진한 사업인데 이 사업을 목표로 정권이 흔들기를 시도한다면, 유리엘의 말처럼 강서영은 충격을 받을 가능성이 높았다.

애초에 KM 그룹을 창립한 이유가 강서영에게 힘을 실어주기 위해서였는데, 그룹으로 인해서 그녀가 충격을 받게 할 수는 없었다.

강민 역시 유리엘의 말이 타당성이 높다고 생각했는지 고개를 끄덕이며 말했다.

[흐음… 유리 말이 맞겠어. 서영이처럼 여린 아이는 충

분히 그럴 가능성이 높지. 그래, 이번 기회에 일반세계도 한 번 정리해버리자.]

[이거 오랜만에 재미있는 놀이를 하겠는데요? 천천히 즐겨봐요. 호호.]

[음….]

위원회 전체와 상대하더라도 둘에게는 그저 놀이에 지나지 않았다. 하지만 강민의 반응이 석연치 않았기에 유리엘은 궁금해 하며 강민에게 되물었다.

[왜 그래요?]

[아. 만일 위원회를 다 처리하고 나버리면 나중에 차원통합에서 지구인들이 살아남을 수 있을까 하는 생각이 들어서 말이야.]

위원회를 처리하는 것은 강민에게 손바닥을 뒤집는 것처럼 쉬운 일이었다. 하지만 그들을 처리해 버린다면 나중에 있을 차원통합에 대응하기가 힘들어질 것이었다.

애초에 다크스타의 처리를 망설였던 것도 이 이유였는데, 위원회는 이 다크스타보다 훨씬 중요한 존재로 그런 존재들을 처리해버린다면 향후에 대응이 더 힘들 수도 있었다.

[하긴…. 그것도 그렇네요. 우리가 있는 동안은 큰 문제들은 처리해 줄 것이지만 길어야 백년이니까요. 우리가 계속 이곳에 있을 것도 아니고 말이죠.]

[그렇지. 그런 상황에서 이능세계의 중심축이나 마찬가지인 그들을 다 처리해 버린다면 지구인들이 버틸 수 있을까?]

사실 한미애와 강서영이 죽고 난다면 크게 미련이 있는 차원은 아니지만, 그래도 고향차원이었다. 그렇기에 강민은 지구를 살릴 수 있으면 살렸으면 하는 생각이었다.

[흐음… 뭐 어머님과 서영이가 마나의 품으로 돌아가고 나면 다른 차원으로 떠나기 전에 그 쪽 차원으로 넘어가서 한 번 싹 정리해버리고 가면 안 될까요?]

[그 생각도 해봤는데, 그래 봤자 임시방편일 것 같아. 어차피 차원 통합이 되면 안정기에 들어설 때까지는 차원장이 얇아 질것이니 그 쪽 차원을 정리한다고 해도 또 다른 차원들로부터 오는 마물을 막을 수가 없을 것이잖아.]

[그렇긴 하네요. 뭐 그런 마물들은 마나 충돌 때문에 오래 머물지는 못하겠지만, 양 차원의 마스터급 이상의 능력자들이 다 정리되어 버리면 짧은 시간에도 막대한 피해가 생길 수 있으니 말이에요.]

[결국은 그런 상황을 버틸 기초 체력을 갖추어야 한다는 것이지.]

[기초체력이라…]

유리엘의 말을 끝으로 잠시간의 침묵이 흘렀다. 그러다 그녀가 좋은 아이디어가 생각이 났는지 웃으며 강민에게 말했다.

[아. 괜찮은 생각이 떠올랐어요. 호호. 이 방법이면 기초 체력은 확실히 생길 것 같아요.]

[어떤 방법이야?]

[아직은 구상단계니까 조금 구체화 되면 말해줄게요. 이 방법은 아직 한 번도 해본 적이 없는 방법이라서요. 호호 호.]

[유리가 그렇게 말하니까 더 궁금하네. 하여튼 기대할 게.]

[기대해도 좋을 거에요. 제 생각대로 된다면 우리가 가 더라도 충분히 자생력을 가질 수 있을테니 말이에요.]

유리엘이 어떤 생각을 했는지는 모르지만 그녀는 강민 이 진심으로 신뢰하는 유일한 한 사람이었다. 그녀가 장담 한다는 것은 어떤 식으로든 결과물이 나올 것이기에 강민 은 유리엘의 말에 한 치의 의구심도 갖지 않았다.

4장. 반격

NEO MODERN FANTASY STORY & ADVENTURE

현세귀환록

4장. 반격

삐익~!

조용한 장태성 실장의 방에 인터폰 소리가 울리더니 비서의 목소리가 들려왔다.

"실장님, 홍보팀장 대기하고 있습니다."

사전에 약속된 만남은 아니었지만 장태성은 그가 무슨 일로 왔는지 짐작이 갔다. 그렇기에 장태성은 지체 없이 자연스러운 목소리로 출입을 허락했다.

"들어오라 하세요."

들어오라는 소리가 무섭게 문이 열리며 홍보팀장 박흥 대가 들어왔는데 그의 손에는 신문이 한부 들려있었다.

"실장님, 또 기사가 났습니다. 이거 대놓고 우리 그룹을 목표로 작업이 들어온 것 같은데요?"

"저기 보시게나."

장태성은 오른손을 들어 전면을 가리켰고 그의 손가락이 가리키는 곳에 있는 60인치 벽걸이 티비에는 뉴스가 흘러나오고 있었다.

뉴스를 전하는 아나운서 옆에 떠있는 참고 사진에는 KM 그룹의 본사 전경이 떠올라와 있어서 뉴스가 KM 그룹과 관련되어 있음을 짐작할 수 있었다.

붉은 원피스를 단정하게 차려입은 여자 아나운서는 침착한 목소리로 뉴스를 전하였다.

[이번 KM그룹 금품 로비를 수사 중인 서울지검 특수부는 어제 전 KM 그룹 본사에서 압수한 회계장부 등을 정밀 분석하는 한편, 임의 동행한 직원 3명에 대해 오늘 새벽까지 강도 높은 조사를 벌인 뒤 귀가 조치했습니다. 검찰은 이들이 가칭 KM 드림시티 조성과정에서 경기도청 관계자 등에게 사업지 인근의 부지매입에 도움을 주는 대가로 건축 인허가나 토지계약 등에서 특혜를 받은 혐의를 두고 있는 것으로 전해졌습니다. 이들은….]

아나운서의 말이 이어졌지만, 장태성 실장은 리모컨을 들어 티비를 꺼버려서 뒷말을 들을 수는 없었다.

하지만 이 정도 소식만으로도 그가 말하고자 하는 바는 충분히 전해졌다.

"이런… 신문 뿐만 아니라 KBC도 보도하기 시작했군요."

"그래, KBC 뿐만 아니라 YTV나 채널S 같은 종편 채널들도 대대적으로 방송 보도를 하고 있지. 종편 채널들은 이번 일 뿐만 아니라 예전에 발생했던 민원들까지 엮어서 우리 그룹을 아주 부도덕한 그룹처럼 몰고 가더군."

"종편 채널의 방송은 저도 봤습니다만 공영방송이라는 KBC까지 이렇게 나설 줄은 몰랐네요."

박흥대 홍보팀장의 말에 장태성은 당연하다는 목소리로 대답했다.

"어차피 한 통속이지 않은가. 정권 실세가 우리 그룹을 노리고 있는 것 같아."

"휴… 우리 그룹이 궤도에 오른 뒤로는 언론 보도 해명 자료 한번 낸 적이 없는데 이번에는 제대로 걸린 것 같군요."

"그래. 감사팀에 물어보니 이번에 조사받은 직원들은 전혀 걸릴 것이 없다던데, 확실히 표적 수사 같아."

"당연하지요. 창립 초기에 회장님께서 그룹의 간부들에게 귀에 딱지가 앉도록 말씀하시지 않았습니까? 깨끗하게 사업을 해서 존경받는 기업이 되자구요. 그 말씀을 어기고 몇 차례 관례대로 했던 간부들은 모두 해임되었지 않습니까? 지금 남아있는 간부나 상급직원들 중에서는 불법행위를 할 직원들은 없을 것입니다."

"그렇지. 하지만, 이렇게 정권에서 우리 그룹을 찍어서 괴롭힌다면 어떻게든 걸릴 것이야. 법이라는 것이 귀에 걸면 귀걸이, 코에 걸면 코걸이 같은 것들이 많으니 말일세."

"휴… 그래서 걱정입니다. 최대한 법을 지키고 민원 소지가 없게 업무를 하도록 지시를 하였지만 실장님 말씀처럼 그런 사안도 충분히 가능하니 말입니다. 그건 그렇고 회장님은 뭐라고 하시던가요?"

"글쎄, 사안의 심각성을 모르시는지 그냥 정도대로 대응하라고 하시는군."

그 말에 박흥대는 잠시 고개를 갸웃거리더니 조심스럽게 장태성에게 입을 열었다.

"음… 지금까지 회장님을 지켜본 바로는 심각성을 모르신다기 보다는 경영철학이 그러신 것 같습니다. 막말로 회장님의 재력이라면 정권의 탄압으로 회사에 손실이 가더라도 별로 개의치 않으실 것 같고요."

"허허. 이거 자네가 나보다 회장님을 더 잘 아는구만."

"아. 제가 괜한 말을…."

장태성의 말을 질책으로 받아들인 박흥대는 송구하다는 표정으로 말을 하려하였지만, 장태성의 의도는 그것이 아니었다.

"아니야 아닐세. 자네를 탓하는 것이 아니야. 내 생각이 짧았던 것 같군. 예전에 사업할 때가 생각나서 내가 너무 그 때를 떠올렸던 것 같네. 자네 말처럼 회장님의 재력이라면 이런 상황쯤이야 아무것도 아닐텐데 말일세."

그제야 장태성의 말을 이해한 박홍대는 같이 웃음을 지으며 그의 말을 받았다.

"그렇지요. 정권에서 아무리 우리를 괴롭혀도 우리가 정도만 지킨다면 그들이 어쩌겠습니까? 하하하."

"그래, 그렇지. 허허허."

박홍대의 자신 있는 말투와 웃음에 장태성 역시 자신도 모르게 웃음이 새어나왔다. 검찰에서 수사를 시작한 이후 처음으로 짓는 웃음이었다.

✥

"어떻소, 유회장? 정보는 좀 찾았소?"

요즘 현승의 회장실에는 다른 누구보다 구양풍의 출입이 잦았다. 지금도 구양풍은 손님용 응접테이블에 발을 올리고 거만한 자세로 유현승에게 물었다.

그런 구양풍이 못마땅하였지만 유현승의 입장에서 그런 표시를 낼 수는 없었다. 잠시간의 침묵으로 불만을 표시한 유현승을 그의 질문에 대답하였다.

"…아니오. 검찰 수사 내용을 살펴보았지만, 웜홀 탐색기에 대한 정보는 일체 없었소. 아니 웜홀 탐색기 뿐만 아니라 KM 그룹 자체에 이능과 관련된 부분은 전혀 없었소. KM 그룹이 아니라 강민 개인이 별도로 운용하는 것 같소."

"그렇다는 말이지… 그럼 그룹을 압박하는 일은 어떻게 되었소?"

"우선 김지인 총장에게 KM 그룹을 철저히 수사하라고 별도로 부탁하였고, 이홍철 대표와도 따로 만나서 KM이 시장질서를 문란하게 한다고 제재할 수 있는 법안 제정을 요청하였소."

"검찰총장과 여당대표라…."

"그리고 언론 쪽으로도 전방위 압박을 하는 중이오. 우리 현승 산하의 고려일보, STV 뿐만 아니라 KBC나 매일신보에도 관련자료를 흘리고 데스크에 압력을 넣고 있소. 이런 것이 무슨 의미가 있을지 모르겠지만 일단 내가 할 수 있는 바는 다 하고 있소이다."

유현승은 정치권, 검찰, 언론까지 전방위적인 압박을 가하고 있었다. 사실 이런 압박은 현승에도 상당히 부담스러운 일이었다.

정치권이나 검찰이나 이렇게 하나를 받으면 하나를 줘야하는 것이 당연한 일이었고, 행여 이런 사실이 알려진다면 여론의 역풍을 맞을 수도 있었다.

하지만 유현승에게는 선택의 여지가 없었다. 살아남기 위해서는 어쩔 수 없는 일이기 때문이었다.

"역시 유회장에게 맡기길 잘했군. 의미가 있고 없고는 우리가 판단 할테니 유회장이 거기까지 신경 쓸 필요는 없소. 그건 그렇고 강민 회장과 그의 지인들에 관한 정보 수집은 어디까지 진행되었소?"

구양풍의 말이 나오기를 기다렸다는 듯이 유현승은 300페이지 정도 되는 보고서를 가지고 가서 그에게 건넸다.

"여기 있소. 강민과 그의 가족들, 그리고 지금 그와 관련 있는 인물들까지 모두 조사한 보고서요."

유현승이 건넨 보고서를 한참 동안 훑어보던 구양풍은 만족스러운 미소를 지으며 그에게 말했다.

"좋군. 일단 계속해서 일을 진행하여 주시오. 사안에 진전이 생기면 즉각 보고하고 말이오. 그럼 수고하시오."

구양풍은 방금 받은 보고서를 들고 유현승의 방을 나섰다. 이렇게 구양풍이 자리를 비웠지만 유현승이 자유로워진 것은 아니었다.

그의 옆에는 두 명의 혈마단원이 경호원의 복장으로 서 있었기 때문이었다. 회장실 안까지 경호원을 둔다는 것은 비상식적인 일이지만 지금 상황에선 어쩔 수 없는 노릇이었다.

'탈출구를 찾아야하는데… 휴… 이대로 끌려가기만 하다가는 이번 일이 끝나고 살해당할 것이 불 보듯 뻔하지. 변화의 실마리가 필요한데 말이야.'

옆에 있는 감시자들 때문에 어디에 의논조차 못한 채 속으로만 생각을 삼키는 유현승이었다.

이렇게 절망적인 상황이었지만 아직까지 유현승의 눈빛은 살아있었다. 어떻게든 돌파구를 찾겠다는 강한 의지가 그의 눈에 실려 있었던 것이었다.

그리고 그 변화의 실마리는 생각보다 빨리 찾아왔다. 구양풍이 나간지 한 시간도 채 되지 않아, 이한수 기획조정실장이 그 실마리를 갖고 유현승의 방으로 뛰어 들어왔다.

유현승에게는 부정적인 내용이었지만 상황이 변화할 수 있는 실마리임에는 틀림없었다.

"회장님! 큰일 났습니다."

"무슨 일인가, 이실장?"

"어서 KMTV를 보시지요!"

이한수의 다급한 말에 유현승은 리모컨을 들어 티비를 켰다. 그리고 익숙하게 채널을 돌려 KMTV로 채널을 맞추었다.

그 채널에는 유현승이 나오고 있었는데 아래쪽의 자막이 상황을 짐작하게 하였다.

[유현승 현승그룹 회장, 여당대표 및 검찰총장에 청탁]

어떻게 찍었는지 모르겠지만, 티비 화면에는 유현승 회장과 이홍철 대표가 만나는 장면이 또렷하게 찍혀있었다.

둘의 대화조차 잡음하나 섞이지 않고 다 들리고 있어서 어떤 상황인지에 대해서 의심의 여지가 없었다.

이한수의 반응을 보아하니 이미 김지인 검찰총장과의 영상은 지나간 것으로 보였다.

"아니… 어떻게…."

유현승은 도무지 저 영상이 어떻게 찍혔는지 감도 잡히지 않았다. 저 영상의 화질이나 각도로 보아서는 둘의 측근에서 직접 찍지 않고서는 저런 영상이 나올 수가 없는 상황이었기 때문이었다.

영상이 끝나고 나자 이한수가 깊은 한숨을 내쉬며 유현승에게 말을 하였다.

"회장님, 이번 사안은 역풍이 좀 있을 것 같습니다. 출국금지 조치가 내리기 전에 잠시 해외지사 방문으로 나갔다오시지 않겠습니까?"

이한수는 KM 그룹에 대한 압박은 알고 있지만 혈마단이 지금 유현승을 압박하고 있다는 것까지는 모르고 있었다. 그랬기에 이런 제안을 하고 있는 것이었다.

하지만 유현승은 지금 해외로 갈 수 있는 상황이 아니었다.

"아니야. 어차피 내가 저지른 일, 내가 수습해야겠지.

그리고 우리가 그 동안 뿌려놨던 돈이 한 두푼인가? 이번
기회에 써먹어봐야지. 허허."

　그러나 이한수는 유현승의 웃음에 마주 웃어 줄 수 없었
다. 이한수는 눈을 동그랗게 뜨며 놀란 표정으로 티비를
손가락으로 가리키며 말했다.

　"회… 회장님… 저… 저기….."

　"무슨 일이… 허… 이거 참….."

　문제의 영상이 다 끝난 것 아니었다. KMTV는 속보와
특별방송이라는 로고를 우측 상단에 달고 다른 영상을 보
내기 시작했다.

　영상이 나오는 화면의 아래에는 다음과 같은 자막이 흘
러나왔다.

　[국회의원 271명 뇌물 수수 확인!]

　이 자막이 나오면서 앵커의 맨트와 함께 뇌물 수수 국회
의원 각각의 영상이 짧게 흘러지나갔다.

　직접 뇌물을 받는 현장부터, 뇌물을 받고 공무원에 압력
을 넣는 전화통화 장면, 친구와의 대화에서 뇌물 수수를
인정하는 영상까지 명백한 증거자료가 KMTV를 통해서
흘러나왔다.

　주요부분만 편집하였는지 짧게는 십여초, 길게는 이삼
분 정도의 영상이었는데 271명이라는 엄청난 숫자의 영상
이다보니 잠깐 잠깐만 흘러지나가도 4시간이 넘는 시간이

들었다.

또한 국회의원으로 끝이 아니었다. 국회의원의 뇌물 영상이 끝나자 검찰과 행정부, 사법부의 고위 요인들의 부정부패 영상이 이어서 나왔다.

결국 입법, 사법, 행정부 고위층 인사 중에 부정부패가 있었던 인사는 모두 언급이 되었다고 하더라도 과언이 아니었다. 그 중에서는 현직 대통령도 포함되어 있었다.

오후 늦게 시작한 방송은 밤늦은 시간이 되어서야 모두 마쳤다. KMTV 뉴스의 앵커는 다소 지친 표정으로 클로징 멘트를 하였다.

[지금까지 국민들께서는 많은 정치인들이나 사회 지도층 인사들이 비리를 저지르고 있다고 생각을 하시는 경향이 많았습니다. 그러나 그들은 그런 생각들에 대해서 자신들은 언제나 깨끗하다면서 믿어달라고 하였습니다. 하지만 오늘 그들의 민낯이 드러났습니다. 대선이 불과 4개월, 총선은 8개월 남은 시점입니다. 국민들의 현명한 판단을 기대하겠습니다.]

❖

쾅~!

"이게 도대체 어떻게 된 일이야! 어떻게 그런 영상들이

현세귀환록 135

찍히고 저렇게 방송 될 수 있는거야! 말을 해보게 홍보수석!"

최영근 대통령은 책상을 내리치며 고함을 질렀다. 대통령 수석비서관 회의에 참석한 수석들은 대통령의 고함에 다들 고개를 숙이며 말을 잇지 못하였다.

다만 대통령에게 지목된 홍보수석은 기어들어가는 목소리로 대답을 하였다.

"그… 그게… 화… 확인해보겠습니다."

"확인은 무슨 확인! KBC 보도 건으로 돈은…."

최영근 대통령은 홍보수석이 뇌물을 받은 건에 대해서 이야기를 하려다가 입을 닫았다. 그 부분에는 자신도 자유롭지 않았기 때문이었다.

어찌 된 것이 수석비서관 중에서 돈을 받지 않은 사람이 한명도 없었다. 그러나 대통령 역시 같은 부류였기 때문에 그 부분에 대해서는 언급하지 않았다. 자기 얼굴에 침을 뱉는 행동이었기 때문이었다.

"흠흠. 어쨌든 어떻게 그런 영상이 찍혔고 보도까지 되었는지 확실히 밝혀주시오!"

"네, 알겠습니다."

"그리고 민정수석!"

"네, 대통령님."

"일단 뇌물 수수에 대해서는 나조차 자유로울 수 없으

니 넘어가고 앞으로의 대응에 대해서 말해봅시다. 앞으로 어떻게 진행해야 할 것 같소?"

수석비서관 중 국민여론 및 민심동향을 파악하고 법률 문제 보좌하는 민정수석에게 이 질문이 나올 것은 당연한 일이었다.

그래서 임채민 민정수석은 이미 답변을 준비하고 있었다.

"일단 두 가지 방법이 있습니다. 하나는 소극적인 해명 이고 다른 하나는 적극적인 대응이지요."

"소극적인 해명부터 설명해 보시오."

"우선 법률적으로 보면 불법하게 취득한 사진이나 영상에 대해서는 증거능력이 없으므로 이 사안만으로 형사고소는 당하지 않을 것이지만 정치적 책임은 피하기 어려울 것 같습니다."

"그래서 어쩌자는 것이오!"

"이번 영상을 면밀히 분석해본 결과 대부분이 2주에서 3주 안에 찍힌 것 같습니다. 가장 최신의 것이 이틀 전이고 가장 오래된 것이 3주 정도 전이니 말입니다. 그 말은 실제로 금품을 수수하는 장면이 찍힌 것은 거의 없다는 것이지요. 실제로 금품을 직접 수령한 것을 찍은 것은 50여 건에 불과하고 나머지는 다 전화통화나 대화에서 금품수수를 인정하는 식의 영상이었지요. 그러니까…."

"그러니까 어떻게 하자는 것이오! 변죽 그만 울리고 본론을 이야기해보시오."

민정수석은 내심 성격 참 급하다며 혀를 차면서 말을 이었다.

"그러니까 직접 금품을 수수한 장면이 나온 사람들은 어쩔 수 없다고 하더라도 그것이 아닌 사람들은 그냥 친한 지인들과의 대화에서 농담처럼 한 말이라 우기는 것이지요."

"허어. 고작 그거요? 그게 통하겠소?"

"물론 처음부터 통하지는 않을 것입니다. 하지만 일단 그렇게 프레임을 잡고 각종 언론을 동원해서 물타기를 하고 사전 작업을 통해서 법적으로도 그런 식의 판결을 받아낸다면 큰 문제없이 넘어갈 가능성이 높겠지요."

"흐음…."

"어차피 야당의원들도 대부분 이 문제에서 자유롭지 않기 때문에 정치적 합의를 이끌어내는 것에는 크게 문제가 없을 것입니다."

현재 국회는 여당인 대한국당과 야당인 민주혁신당의 두 개의 큰 정당이 장악하고 있는 상황이었다.

총 300명의 국회의원중 대한국당이 155명의 국회의원을 가지고 있어 총원의 과반수가 넘었고, 민주혁신당이 130명의 국회의원을 갖고 있었다.

나머지는 15석은 군소정당들이 나눠 가지고 있었는데, 이번 일에서 자유로운 국회의원은 전체의 10%도 안 되는 29명밖에 없었다.

대다수의 국회의원들이 관련이 있기 때문에 민정수석의 말처럼 정치적인 합의는 당연히 이루어질 것이었다.

하지만 고민하는 대통령의 표정은 썩 좋지 않았다. 민정수석의 대답이 그다지 마음에 들지 않았기 때문이었다. 그런 대통령의 표정을 읽었는지 민정수석은 두 번째 안을 이야기 하였다.

"그럼 적극적인 대응을 말씀드리겠습니다."

"그렇지. 다른 방법은 뭐요?"

"적극적인 대응은 우리가 주로 하듯이 북한을 이용하는 것이지요."

"북한?"

"이번 사안을 북한의 공작으로 몰아세우고 북한의 핫라인을 통해서 약간의 도발을 일으키는 방법입니다. 어차피 우리나라에서는 안보가 최우선 아닙니까? 북한의 도발이 가시화 된다면 이런 정치적인 이야기는 힘을 잃을 것입니다. 저번에 북한에 송금하기로 한 달러도 좀 남아 있으니 그것을 주면서 요구한다면 북한도 거절하지 못할 것입니다."

이번의 의견은 대통령의 마음에 들었는지 대통령은 고개를 끄덕이며 잠시 생각에 잠겼다.

이내 고개를 든 대통령은 민정수석과 다른 수석들에게 지시를 내렸다.

"일단 두 가지 방법으로 다 가봅시다. 어떻게든 이번 일을 무사히 덮어야 하오. 대선이 몇 달 안 남았소. 그리고 대선이 끝나고 나면 곧 총선이오. 어서 분위기를 전환해야 한다는 것지요."

잠시 말을 멈춘 대통령은 수석비서관의 얼굴을 하나하나 바라보더니 말을 이었다.

"큰일을 하면 돈이 필요한 것은 뭐 두말할 필요가 없을 것이니 내 거기에 대해서는 더 이상 언급하지 않겠소. 대신 이번 일을 깔끔하게 마무리 지어서 우리 당이 차기 정권을 잡을 수 있도록 해야 할 것이오. 그래야지 은퇴한 뒤 말년에 청문회 같은 곳에 불려 다니지 않겠지, 물론 나를 포함해서 말이오. 그러니까 잘 부탁합니다."

이미 레임덕이 시작된 대통령이었지만 이번 일 자체에는 크게 걱정하지 않았다.

대부분의 정치인들이 그 리스트에 올라와 있어 이번 일을 덮기 위해 여야가 함께 나설 것이 자명했기 때문이었다.

대통령은 내심 모두가 걸려서 다행이라 생각하며 속으로 중얼거렸다.

'양눈을 가진 마을에서는 외눈박이가 비정상이겠지만,

외눈박이 마을에서는 양눈을 가진 것이 비정상이지. 다들 뇌물을 받았으니 이번 일은 별 탈 없이 넘어가겠군. 누가 이번 일을 꾸민지는 모르겠지만, 멍청하군. 여당과 야당을 구분해서 일을 꾸몄다면 몰라도 이런 식으로라면 네 생각대로 되진 않을 거야.'

⁛

태국 코사무이에 있는 K 호텔의 프리미엄 럭셔리 풀빌라는 강서영과 한미애의 입을 쩍 벌어지게 할 정도로 호화로웠다.

소수 부유층을 노리고 만든 풀빌라다 보니 크지는 않았지만 내부 시설과 서비스는 그야말로 최상급이었다.

이 풀빌라에서 묵고 있는 강민 일행은 지금 메인 풀장에 나와 각자 휴식을 즐기고 있었다.

그 중 선베드 아래에서 잠시 누워 일광욕을 즐기는 강민에게 핑크색 3피스 수영복을 예쁘게 차려입은 강서영이 슬쩍 다가와서 말을 건넸다.

"오빠."

"응?"

"회사가 시끄럽다고 하던데 한국에 들어가야 하는 거 아냐?"

스마트폰을 갖고 있었기에 그녀 역시 KM 그룹이 검찰 수사를 받았다는 것 정도는 알고 있었다.

다만 한미애가 걱정할까봐 표시를 내지는 않았는데, 지금 한미애가 유리엘을 대동하여 음료를 주문하러 잠시 자리를 비운 사이 기회를 노려 강민에게 물어보는 것이었다.

"시끄러운 건 회사보다 정치권이겠지."

"하긴 그렇지. 그렇게 많은 사람들이 뇌물을 받고 비리를 저지를 줄이야… 그런 사람들이 사회 지도층이라는 것이 우습기도 하네. 특히 한상천 의원은 정말 실망이야."

지금 한국에선 KM 그룹의 수사 이야기는 이슈도 아니었다. 실제로 그룹 수사는 지지부진한 상태였고, 지금 정치, 언론, 경제계를 포함해서 한국의 아니 세계의 모든 시선이 이번 KMTV의 권력층 비리 보도에 실려 있었다.

KMTV에서 만든 다시보기 사이트는 방송통신위원회의 제재 때문에 바로 내릴 수밖에 없었는데, 그 사이에 모든 영상을 저장한 개개인이 해외서버를 통해서 우회해서 영상을 올리고 있어 이미 관심 있는 대부분의 국민이 이번 영상을 보았다고 해도 과언은 아니었다.

강서영도 그 중의 한명이었다. 모든 영상을 본 것은 아니었지만 이름 별로 구분하여 올라온 영상 중에서 평소에 좋은 이미지로 많은 강연도 하는 정치인에 대한 영상을 보고 많은 실망을 하고 있는 중이었다.

"정치인들이 다 그렇지. 뭐 실망씩이나 하고 그래."

"그래도 한 의원은 그렇게 깨끗한 척하더니 받은 돈이 10억이 넘는다며? 참나… 그런데 그건 그렇고 KMTV에서는 어떻게 그런 동영상을 확보한 거야? 오빠는 알고 있지?"

방송통신위원회에는 익명의 제보자가 제공한 영상이라고 하였지만 강서영은 강민이 개입했다고 확신하고 있었다.

강민이 개입하지 않고서야 입법, 사법, 행정부를 모두 공격하는 그런 영상을 KM 그룹의 자회사에서 마음대로 방송하지는 않았을 것이기 때문이었다.

그런 강서영의 질문에 강민은 굳이 숨기지 않고 답을 해주었다. 별로 숨길 것도 아니라는 판단에서였다.

"그래, 유리엘이 만든 위성으로 녹화한 거야."

"위성이 그런 것도 돼? 방송에 나온 영상을 보니 거의 앞에서 찍은 거나 마찬가지로 나오던데. 그리고 음성도 다 있고 말이야. 위성으로 그게 가능해?"

강서영은 마나 위성의 존재는 알고 있었지만 그 기능을 과소평가하고 있었다. 일반 위성을 기준으로 생각하다 보니 내릴 수 있는 평가였다.

"그래, 가능해. 어쨌든 회사일은 신경 쓰지마. 내가 다 알아서 할테니 말이야. 넌 여행이나 즐기고 있어."

"알겠어. 여튼 나오기 전엔 망설였는데 이렇게 나와서 세계 일주를 하니 꿈만 같고 너무 좋아. 태국이니 이제 얼마 남지도 않았는데 조금 아쉽긴 하다. 헤헤."

"아쉬우면 한 바퀴 더 돌까?"

강민은 세계 일주를 마치 동네 한 바퀴를 더 도는 것처럼 그녀에게 말했다.

"아냐~ 3개월이나 여행 했으면 충분하지. 회사일도 그렇고 드림시티 건이 얼마나 진행 되었는지도 궁금하니까 들어가 봐야지."

"회사일이야 보고 받고 있잖아."

"에이, 그래도 직접 보는 거랑 다르지. 아. 아이들 받았을 때 나도 있었어야 했는데 그건 좀 아쉽다."

지금 KM 드림시티는 상당히 진전이 된 상태였다. 강서영이 드림시티 건설 때문에 여행을 망설이자 유리엘이 특별히 절반 이상의 건물을 올려주었기 때문이었다.

물론 아직은 일반인들의 시선에서 완전히 자유로울 수 없었기에 외부에는 일종의 조립식 건축으로 토목공사와 동시에 시공이 들어가서 거의 완공된 상태로 가져왔다는 식으로 둘러대긴 하였다.

어쨌든 지금 KM 드림시티는 계획된 것의 절반 정도가 가동에 들어갔다. 영유아 고아부터 시작해서 초등학생 나이까지 총 만여명의 인원을 수용 중에 있었다.

중학교와 고등학교 그리고 대학교는 차차 공사가 끝나는 대로 사업을 진행할 예정이었다.

"무슨 이야기를 그렇게 재미있게 하고 있니?"

어느새 에메랄드 빛 음료가 담긴 칵테일 잔을 들고 돌아온 한미애가 강서영을 보고 물었다.

"엄마, 빨리 왔네?"

"안 기다려도 되니까 금방 되더라. 유리가 주문을 해줬어. 근데 여긴 손님보다 종업원이 더 많은 것 같아. 이래서 장사가 되겠니?"

마지막 질문은 강서영이 아니라 강민에게 하는 것이었다. 아들이 아무리 돈이 많아도 허투루 쓰는 것 같으면 걱정이 되는 엄마의 마음이었다.

그런 한미애의 모습에 강서영은 웃음을 지으며 그녀에게 말했다.

"히히. 엄마는 그런 걱정 말고 즐기기나 하셔~"

"그래요. 어머니, 그런 걱정은 마시고 푹 쉬세요."

이어서 한미애와 강서영이 대화를 나누는 사이 강민 역시 유리엘과 심어를 나누었다.

[어때?]

사전 맥락 없이 묻는 질문이었지만, 유리엘은 강민의 의도를 바로 이해하였다. 둘 사이의 교감이 그런 것을 가능하게 한 것이었다.

[예상대로 지저분한 수작들을 부리고 있네요. 여기 봐요.]

지금 유리엘은 뇌물 수수에 대한 영상이 나왔던 정치인들을 마나 위성을 통해서 전방위적으로 감시하고 있었다.

실시간으로 감시하는 것은 잠깐 집중하여 하루 이틀 정도의 정보를 찾는 것보다 심력소모가 컸지만 즉각적인 대응이 가능하다는 부분에서는 충분히 감수할만한 수고였다.

유리엘은 강민만 보고 들을 수 있는 영상을 띄워서 정치인들의 행태를 강민에게 보여줬다.

KMTV를 당장 압수수색해서 방송을 중단하라고 고함치는 정치인부터, 여기저기 전화를 돌리며 자신이 한말은 농담이었다는 국회의원, 초조한 표정으로 향후 대책을 논의하는 검찰까지, KMTV의 동영상은 마치 기득권이라는 벌통에 돌을 던진 것과 같은 효과를 내고 있었다.

[예상했던 대로네. 지금 자료도 다 저장 중인 것이지?]

[그래요. 그런데 언제 처리할 거에요?]

처리한다는 것은 목숨을 앗아간다는 의미였다. 법률적으로 보면 뇌물 수수는 적게는 몇 백 정도의 벌금, 많게는 몇 년의 징역에 그칠 일이었지만 강민은 이번 기회에 부패한 기득권 세력을 모조리 정리해버릴 생각이었다.

현대의 기준으로 보아서 과한 처사였다. 현실에서 그런 일이 벌어진다면 살인마 취급을 받을 일이었다.

하지만 강민의 기준은 법에 있지 않았다. 수만년 동안 쌓아온 스스로의 기준이 있었다.

그리고 자신의 판단에 살인이 필요하다면 수백명이 아니라 수만, 수천만도 척결 할 수 있었다.

실제로 과거 한 차원에서는 타락한 세상의 재생을 위해서 하나의 문명을 청산해 버린 일도 있었다.

당시 문명 청산으로 죽은 사람이 억 단위가 넘었으니 지금 고작 몇 백명을 처리하는 것에 죄책감을 느끼거나 망설일 이유는 없었다.

지금 강민은 망설이는 것이 아니라 기회를 보고 있는 것이었다.

[어느 정도 분위기를 만들고 하려고 해. 당장 처리한다면 혼란만 가중될 테니 말이야.]

[문명화 되었다는 것이 이런 점은 불편하네요. 시민의식이 자리 잡지 않은 봉건사회에서는 압도적인 힘만 보이면 편하게 진행 될텐데 말이에요.]

[그렇지. 문명 자체를 청산해 버릴 것이 아니라면 이 사회의 분위기를 맞춰주는 것도 좋겠지. 2차 자료 정도만 오픈하고 나면 그들을 처리하더라도 큰 혼란을 막을 수 있을 거야.]

유리엘의 영상은 1차로 끝날 계획이 아니었다. 이들의 분주한 대응 장면이 담긴 2차 영상까지 배포할 계획이었다.

그렇게 된다면 그들의 추악한 모습이 더 극명하게 드러날 것이고 이후 그들이 죽는다고 하더라도 일반 시민들이 천벌로 느낄 가능성이 높았다.

물론 일시에 사회 지도층의 대부분이 사라진다면 한국 정부는 엄청난 혼란에 빠질 것이 자명한 사실이었다. 그리고 강민과 유리엘은 그에 대한 대응까지 준비하고 있었다.

[벤자민이 제 역할을 해주겠죠?]

[그래, 생각보다 한국 정부와 유니온 사이의 연결고리가 튼튼하더군. 마물에 대해서 알려진 후로 마물 대응처를 만들 때 유니온에서 꽤나 도움을 준 것 같더라고. 고위층까지도 상당히 교감이 진행 된 것 같았어.]

[뭐 그게 아니더라도 벤자민이 미국정부를 움직인다면 쉽게 일이 풀릴 것 같은데요? 이 나라는 미국의 영향력이 큰 나라니 말이에요.]

[그렇지, 하지만 계엄령을 내린다는 것은 쉽게 판단할 사안이 아니니 신뢰할 수 있는 상대가 있다는 것은 중요하겠지.]

[그나마 차기 군 통수권자가 신망 있고 깨끗한 국방부 장관이라 이번 일이 더 편하게 진행될 수 있을 것 같네요.]

[군 통수권이 국방부 장관에게까지 올 정도로 지도부가

썩었다는 반증이기도 하겠지]

군 통수권은 대통령이 가지고 있는 고유 권한인데 대통령이 유고시 국무총리가 그 직무를 대행하고, 국무총리까지 직무를 수행할 수 없는 경우에는 기획재정부장관이 겸임하는 부총리, 교육부장관이 겸임하는 부총리로 권한이 내려온다.

이들까지 직무를 할 수 없다면 각 부의 장관들에게 그 권한이 오는데 국방부 장관은 미래창조과학부, 외교부, 통일부, 법무부 다음의 순위였다.

즉, 국방부 장관 위로는 다 뇌물수수 등의 부정부패를 저지르고 있었다는 말이었다.

[그럼 계획대로 계엄을 선포하고 대통령 선거와 국회의원 선거를 당겨서 진행하게 할 거죠?]

[그래, 지금 같은 시대에서 불법적으로 권력을 쥔 세력은 오래 인정받지 못할테니 어서 빨리 합법적인 정부를 세워야겠지.]

일시에 사회 지도부가 사라진다면 치안 공백부터 정책 공백 등 엄청난 후폭풍이 밀려올 것이었다.

강민은 그런 상황을 막기 위해서 일시적인 계엄령을 생각하고 있었다. 사회 혼란을 막기 위해 계엄을 진행하고 최대한 빨리 선거를 통한 합법적인 정권을 세우려는 것이었다.

물론 지금 차기 군통수권자가 될 국방부 장관은 이런 일에 대해서 모르고 있었다.

　하지만 유니온과 충분히 사전교감이 되어 있기 때문에 김세훈 지부장이 언질을 주고 미 정부에서 영향력을 행사해준다면, 충분히 강민이 원하는 대로 움직이게 될 것이었다.

　[혹시 그가 욕심을 부릴 가능성은 없을까요?]

　[지금까지 지켜본 바로는 그럴 가능성은 낮을 것 같지만 만일 그런 일이 생긴다면 그 역시 처리해버리면 되지.]

　[대통령은 누가 될까요?]

　[글쎄, 윤강민 의원이 되지 않겠어? 그 29명 중에서는 가장 인지도도 있고 3선까지 한 의원이잖아. 나름 가치관도 확실하고 말이야.]

　지금 한국의 여론은 뇌물을 받지 않은 29명의 국회의원을 민족대표 29인이라 부르면서 치켜세우고 있었다.

　특히, 윤강민 의원은 충청도를 지역구로 한 3선의원인데 독립투사의 손자라는 타이틀을 갖고 의정활동을 왕성히 하여 꽤나 인지도가 있었다.

　[어떻게 될지 궁금하네요.]

　[유리는 당분간 다른 정치인들도 조사를 해줘. 현직에 있지 않더라도 그런 뿌리가 있으면 이번 기회에 다 잘라버려야지.]

강민과 유리엘이 생각하는 부분은 청소까지였다. 굳이 현실세계의 배후까지 될 생각은 없었다. 충분히 배후가 될 수 있었지만 그럴 필요를 느끼지 못해서였다.

유니온의 배후로서 벤자민만 움직이면 각국의 정부들에게 원하는 바를 다 얻어낼 수 있는데 굳이 한국 정부 하나의 배후까지 할 이유는 없었다.

[그러고 보면 벤자민도 시류에 대한 판단이 빠른 것 같네요.]

[아무래도 우리의 무력을 직접 목격했으니 그렇겠지. 그래도 잠시나마 갈등은 했잖아. 상임위원이라는 자들은 벤자민의 능력으로는 무력을 가늠하기 힘들다는 말이겠지.]

[그러니 시류에 대한 판단이라는 말을 한거죠. 벤자민 입장에서는 나름 모험을 한 것이잖아요.]

지금 벤자민은 겉으로는 위원회의 지시를 받지만 실질은 강민의 하수인이나 마찬가지였다.

강민이 위원회를 곧 처리할 것이라고 벤자민에게 이야기 했고, 벤자민은 고민 끝에 강민을 따르기로 한 상황이었다.

[하긴 그의 입장에서는 그렇겠군. 뭐 그 결과로 그가 그렇게나 소망했던 위원회의 손아귀에서 벗어나게 되는 것이니 할 만한 모험 아니었을까?]

[나쁘게 보면 위원회의 손아귀에서 벗어나서 우리의 손아귀로 떨어졌으나 그에게는 마찬가지일 수도 있겠죠.]

[지금까지 유니온의 일에 전혀 개입하지 않았는데 그렇게까지 생각할까?]

[호호호. 그건 모를 일이죠.]

❖

1차 영상이 공개된 지 1주일만에 나온 2차 영상은 대한민국에 더 큰 파장을 불러 일으켰다.

1주일간 영상에 나왔던 지도층 인사들은 자신들의 부정부패 영상에 대해서 변명하기에 급급하였다.

실제로 많은 언론들도 그런 인사들의 변명을 기사화하며 그들을 두둔하였고, 심지어 어떤 보수 언론은 KM그룹이 북한의 사주를 받는 다는 식의 몰이를 하기도 하였다.

하지만 2차 영상에서는 그들의 그런 뒷 작업을 하는 모습이 적나라하게 드러나 있어 더 큰 국민들의 공분을 샀다.

몇몇 국민들은 국회의사당 앞에서 비리 국회의원 사퇴 시위를 하기도 하였다.

2차 영상이 배포된 지 3일째 되는 날 새벽이었다. 여의도 국회의사당의 하늘 위에는 두 명의 인영(人影)이 떠 올라와 있었다. 바로 강민과 유리엘이었다.

지금 강민과 유리엘은 지상에서 1km 정도 상공에 떠 있어 서울 전체를 한눈에 다 내려다 볼 수 있는 위치에 있었다.

"총 800명 정도라고?"

"정확하게는 832명이에요."

"그렇군. 그럼 시작하자."

강민의 시작하자는 말에 유리엘은 고개를 끄덕이며 손바닥을 하늘로 향한 채 오른팔을 머리 위로 들어올렸다.

유리엘의 동작과 함께 그녀의 머리 위에는 조그마한 빛의 공이 나타났다. 처음에는 수박만한 크기의 빛의 공은 점점 그 크기를 불려가기 시작했다.

어느새 사람 몸보다 커진 공은 시간이 갈수록 더 빠른 속도로 크기를 키워나갔고, 결국 방 하나 정도를 가득 채울만한 크기까지 커지더니 성장을 멈추었다.

빛으로 이루어진 커다란 공은 마치 태양이 떠 있는 것과 같은 효과를 주며 주변의 어둠을 몰아냈다.

"이 정도면 될 것 같네요."

말을 마친 유리엘은 오른팔을 내리고 손가락을 튕겨냈다.

딱~!

손가락의 튕김이 신호가 된 것인양 거대한 빛의 공은 순식간에 분열하여 사방으로 흩어졌다. 정확하게 832개의 조각이었다.

여전히 실시간으로 마나위성을 체크하고 있는 유리엘은 832개의 생명이 꺼져가는 것을 확인 할 수 있었다.

"몇 명은 나름 결계도 펼쳐놓은 것 같지만 수준이 미미해서 모두 처리가 되었어요."

이능이 공개된 시점에서 아니 이능을 아는 몇몇 지도층은 이능이 공개되기 전부터 그들의 신변 안전을 위해 결계를 펼쳐 놓은 상태였다.

하지만 그 정도 결계는 유리엘에게는 종이장보다도 못한 방어였기에 832명 중 빛의 조각을 방어할 수 있는 사람은 아무도 없었다.

"수고했어. 그럼 돌아가자."

"그래요."

목적을 달성한 강민과 유리엘은 곧바로 가족들이 머물고 있는 발리의 리조트로 돌아가려 하였다.

하지만 십수킬로미터 전방에서 빠른 속도로 둘을 향해서 뛰어오는 5명의 이능력자가 강민의 인식에 잡혔다.

"이리로 곧장 오는 것을 보니 우리에게 오는 것 같은데 저 친구들까지는 맞이하고 가야겠군."

"오는 방향을 보니까 청와대 쪽에서 출발한 것 같네요."

지금 그들의 속도라면 1분 정도면 둘이 있는 곳까지 도착할 듯하였다. 얼마 지나지 않아 5명의 이능력자들이 둘의 시야에 들어왔다.

　빌딩의 옥상을 빠르게 건너 뛰어가며 강민과 유리엘에게 오던 이능력자들은 다들 비행 마법기 정도는 갖고 있는지 마지막 빌딩의 옥상을 박차며 하늘로 날아올랐다.

　다가오는 이능력자들의 면면을 보니 다들 상당한 실력의 소유자였다. 유니온의 기준으로 보면 한명은 마스터, 2명은 A+급, 2명은 A급의 능력자들이었다.

　"저 정도면 한국에서는 보기 드문 전력인 것 같은데요?"

　"그러게 말이야. 청와대에서 온 것을 보니 대통령을 수호하는 집단인 것 같군."

　이윽고 둘의 앞에 나타난 5명의 이능력자들은 모두 각양 각색의 옷차림과 나이대의 인물들이었다.

　가장 나이가 많아 보이는 자는 70대 정도로 보이는 도포자락의 노인이었고, 가장 적은 자는 30대 정도의 트레이닝 복 차림의 장년인이었다.

　도포를 입은 노인이 이 집단의 우두머리였는지 큰 소리를 치며 강민에게 말했다.

　"네 놈들은 누구냐! 네 놈들이 무슨 짓을 한 것인지 알고 있는 것이냐!"

노인의 목소리에는 분기가 가득하였다. 그럴 수밖에 없는 것이 정황으로 보아 대통령을 수호하는 집단임이 분명하였는데 자신들의 임무를 다하지 못하였기 때문이었다.

이어지는 말에도 여전히 그 분노는 서려 있었다.

"잡아라! 생포하도록!"

무슨 목적으로, 무슨 수를 써서 결계까지 뚫고 대통령을 저격했는지는 알 수 없었지만 이들을 잡아야 배후를 캐낼 수 있을 것이라 노인은 생각하고 있었다.

젊어 보이는 강민과 유리엘의 독단적인 판단에 의해서 대통령을 시해했을 것이라는 생각은 전혀 없었다. 분명히 배후가 있을 것이라 판단하였다.

나이가 든다는 것은 경험에서 오는 지혜가 쌓일 수 있는 동시에, 경험으로 인한 고정관념이 생길 수도 있다는 것을 노인은 보여주고 있었다.

노인의 말에 따라서 노인을 제외한 네 명의 이능력자들은 신속하게 강민과 유리엘에게 접근하였다.

40대 중년인 한 명만이 일을 하고 있었는지 검은 정장 차림에 경호원용 리시버, 권총 무장의 경호원 복장을 하고 있었고, 나머지 세 명은 그야말로 자다가 뛰쳐나온 듯한 차림새였다.

하지만 분노로 타오르는 눈빛만은 네 명이 동일하였다.

40대로 보이는 이능력자가가 2명, 30대로 보이는 이능력자가 2명이었는데 30대와 40대가 한 명씩 짝을 이루어 각각 강민과 유리엘에게 다가갔다.

모두가 검을 주력으로 쓰는지 한 손에는 1미터가 넘어 보이는 장검을 들었고, 그 장검들은 이미 다 샤이닝 상태에 들어가 있어 은은한 빛을 발하고 있었다.

공중전은 지상전과는 차이가 컸다. 우선 바닥에 강하게 발을 디딜 수 없어서 진각을 통한 힘의 증폭이 매우 어렵다는 점부터, 바닥으로 꺼질 수 있어 지상전에 비해 좀 더 입체적인 움직임을 보일 수 있다는 것 등이 있었다.

하지만 이들은 이런 공중전에도 많은 연습이 되어 있는지 어색하지 않은 움직임으로 강민과 유리엘의 상단과 하단을 합공해 갔다.

"하압!"

"차앗!"

각자의 기합성을 내뱉으며 40대 중년인은 강민의 우하단에서 좌상단으로 올려베기를 하였고, 30대 장년인은 반대로 좌상단에서 우하단으로 공격을 시도했다.

이 공격은 그들이 피나는 연습을 했던 연계기의 시작이었다. 만일 강민이 이 공격을 피한다고 해도 끝이 아니었다.

이어지는 연계기에 따라 어디하나 치명상을 남기고서야 공격은 멈출 것이었다. 다만, 생포하라는 노인의 지시에 따라서 한 번에 생명을 거둘 수 있는 공격은 자제하고 있었다.

그러나 이 모든 것은 그들의 자만이고 오만이었다.

카앙~!

그도 그럴 것이 강민이 자신을 향해서 공격해오는 좌우의 검을 오른손과 왼손으로 각각 잡아 버렸기 때문이었다. 검이 잡혀버렸기에 당연히 연계기 자체를 시도할 수가 없었다.

"이익!"

두 이능력자들은 강민에게 잡힌 검을 빼내려고 용을 썼지만 바위에 꽂힌 엑스칼리버인양 그들의 검은 조금도 움직이지 않았다.

오히려 강민이 약간 힘을 주자 꽈드득 하는 소리가 나며 그들의 검은 중단에서부터 부러지고 말았다.

순식간에 애검(愛劍)을 잃어버린 두 명의 이능력자들은 황망하다는 표정으로 강민을 보며 신음성과 같은 혼잣말이 새어나왔다.

"어… 어떻게…."

"일단 저 노인과 이야기를 해야겠군. 저기서 쉬고 있지."

강민은 쉬라는 말과 함께 순식간에 움직여 부러진 검을 들고 있는 두 이능력자의 목을 가볍게 툭툭 쳐냈다.

하지만 그 속에 담긴 경력은 가볍지 않았는지 가벼운 그 손짓에 이능력자들은 의식을 잃어버렸다.

이능력자들이 의식을 잃자 마법기에 주입되는 마나가 끊겼고 그들은 바닥으로 자유낙하를 시작하였다.

그런 그들을 강민은 허공섭물(虛空攝物)의 식으로 다시 한 번 가볍게 손을 휘둘러 가까운 건물 옥상으로 옮겼다.

만일 그들이 악한 성향으로 보였다면 굳이 이런 번거로운 방법을 통하지 않고 처리해버렸겠지만, 그들은 그런 성향이 아니었기에 약간의 수고를 들여서 그들을 살려 놓았다.

유리엘 역시 이미 손을 썼는지 그녀를 공격했던 이능력자들을 허공에 굳혀 놓았다.

강민이 처리한 이능력자들과는 달리 아직 의식은 있어 보였지만 이미 그녀의 마법에 당해서 눈동자를 굴리는 것 외에는 아무런 움직임을 보일 수 없었다.

유리엘은 강민이 그들을 빌딩의 옥상으로 보내는 것을 보고 그녀 역시 따라서 허공에 굳어있는 둘을 빌딩 옥상으로 옮겼다.

이 모든 상황은 그야말로 순식간에 벌어졌다. 노인이 생포하라는 말을 하고 1분 아니 30여초도 채 지나지 않았을 것이었다.

그런 상황에 노인은 개입하지도 못하고 침중하게 강민과 유리엘을 바라보고 있었다.

순식간에 벌어진 일이라는 점도 있었지만, 자신의 제자나 다름없는 4명의 이능력자들을 한 명도 죽이지 않았다는 점이 크게 작용하였다.

노인을 제외한 다른 이능력자들이 전장에서 이탈되고 나서도 강민과 유리엘이 손을 쓰지 않자, 노인은 둘이 대화를 원한다고 판단하였다.

그의 평소 성정 같으면 문답무용으로 손부터 써서 제압하고 이야기를 시작했을 테지만 마스터에 오른 그로서도 경지를 가늠 할 수 없는 둘이기에 일단 대화부터 시작하기로 마음을 먹었다.

하지만 상황이 상황이었고 그 성정 자체를 감출 수는 없었는지 말투는 거칠 수밖에 없었다.

"도대체 너희들은 누구냐? 네 놈들이 무슨 짓을 한 것인지 알고 있는 것이냐!"

"우리가 무슨 짓을 한 것이라 생각하지?"

"대통령을 시해하지 않았느냐! 보아하니 우리나라 사람인 것 같은데 북한의 사주를 받은 것이냐?"

"북한? 생각하는 수준이 거기까진가 보군."

강민의 한심하다는 눈초리는 노인의 분노에 기름을 끼얹은 꼴이었다.

"뭐야!"

한심하다는 표정에 분노하려는 노인은 이어지는 강민의 말에 입을 다물 수밖에 없었다.

"너희는 대통령이 어떤 사람인지 알고 있었지?"

노인의 마나 안정도로 보아 마스터에 오른지 얼마 되지 않아보였지만, A+급만 하더라도 현실세계에서는 무적의 힘을 발휘할 수 있을 것이었다.

그 능력을 가지고 지근거리에서 대통령을 경호하는 이들이 대통령의 비리를 모를 리가 없었다.

그러나 노인은 강민의 질문에 선뜻 대답하지 못하였다. 잠시간의 망설임 끝에 노인의 입이 열렸다. 그의 목소리는 한 풀 꺾인 듯 하였다.

"알고 있지만, 국민의 손으로 뽑은 대표지 않나. 우리 호국회(護國會)가 만들어진 이유는 국가의 수뇌를 지키기 위해서이지 우리의 판단으로 수뇌를 갈아치우기 위해서는 아니라네."

호국회의 회주인 박일도는 아까 전까지 화를 내었던 것도 잊고 다소 회한에 찬 목소리로 강민에게 말을 이었다.

"최근 경지에 들었음에도 자네와 자네 옆의 아가씨의 경지는 가늠조차 되지 않는구만, 하지만 무력이 강하다고 국민이 뽑은 국민의 대표를 자네 마음대로 이렇게 처단해도 되는 것인가?"

박일도의 목소리로 보아서 그 역시 부패한 대통령을 보호한다는 것에 회의감을 느끼고 있었던 것이 분명해 보였다.

그러나 부패하였다고 그 스스로 대통령을 처단할 수는 없었다. 그것은 애초에 호국회의 창립 목적이 국가의 수장을 지키는 것인데 그것에 반하는 일이었고, 개인의 판단으로 국민의 선택을 뒤집는다는 것도 맞지 않는 일이었다.

현실적으로 접근한다면 대통령이 살해된다면 극심한 사회적 혼란을 겪을 수 있다는 이유 또한 있었다.

이런 이유들로 인해 박일도는 다음 번에는 국민의 선택이 올바르길 기다리는 수밖에 없었다.

하지만 강민은 박일도가 아니었다. 박일도의 기준, 아니 인간이 정해놓은 법과 질서는 강민에게 큰 의미가 없었다.

강민은 스스로 오롯이 서 있는 절대자였다. 모든 일을 정해져 있는 기준이 아니라 그 스스로 정한 기준에 따라서 처리하는 절대자였다.

그리고 지금 강민은 부패한 한국 지도층을 처단하리라 마음을 먹었고 그대로 행한 것이었다.

"국민이 뽑은 국가의 대표라… 각종 매체와 사회 시스템에 의해서 길들여진 국민들이, 자신들이 길들여진지도 모르는 채 지도층이 원하는 대로 조건반사적으로 뽑은 대표도 대표로 보아야 하는가?"

"하지만 그것이 민주주의(民主主義)네. 민주주의. 국민이 주인인 나라에서 국민의 선택이 그러하다면 어쩔 수 없지 않는가?"

여전히 노인의 목소리에는 힘이 없었다. 그 역시 대의 민주주의의 단점은 분명히 알고 있지만 그 한명이 바꿀 수 있는 것은 없다고 생각하고 있었다.

"그래 국민의 선택이 그러하다면 어쩔 수 없지."

"그렇지. 그런데 자네는 왜…."

강민이 자신의 말에 동조하자 박일도는 의외라는 목소리로 반문하려 하였다. 하지만 강민의 말은 끝난 것이 아니었다.

"국민의 선택을 내가 따라야 할 필요가 없다는 것이 문제이지."

"뭐?"

"나는 내 선택으로 판단하고 행동하는 사람이야. 국민의 선택이 나에게 영향을 미치지 않았다면 그들의 선택에 개입할 생각은 없었지만, 그렇지 않더군. 그래서 이번 기회에 보기 거슬리는 것들을 다 치워버릴 생각이지. 실제로 그렇게 했고 말이야."

"다… 라면 대통령 하나로 끝이 아니었다는 말인가?"

"그래. 총 832명을 처리하였지. 나중에 필요하다면 더 처리할 수도 있고 말이야."

"832명? 허어… 그렇게나 많은 사람들을… 단지 뇌물 조금 받았다고 그들을 죽음에 이르게 하는 것은 과하지 않은가? 법적으로 처벌 받게 해야 하는 것 아닌가?"

자연스러운 물음이었다. 그 역시 마스터급의 능력자라 수천 수만명을 살육할 수 있는 무력을 갖고 있지만 그것을 행할 생각은 하지 않았다.

그렇게 하지 않는 이유는 두 가지였다. 하나는 인간이라는 자각 때문이고, 다른 하나는 강제력 때문이었다.

인간에게는 인간의 법칙이 있다. 법률이 있고 도덕이 있고 규범이 있는 것이었다. 그렇기 때문에 인간으로서 오랜 삶을 살았던 노인은 그런 법률과 도덕에 의해서 이유 없는 아니 있다고 하더라도 그 이유가 미약하다면 대량 살인에 대한 거부감이 있었다.

하지만 부도덕한 인물이나 살인을 거리끼지 않는 살인자들에게는 첫 번째 이유는 크게 의미가 없었다. 그렇기에 필요한 것이 두 번째 이유 강제력이었다.

일반 세계와 마찬가지로 이능세계에도 규칙이 있었고, 그 규칙은 유니온이라는 강대한 힘에 의해서 지켜지고 있었다.

비록 마스터에 올라서 힘에 자신감은 붙었지만 자신 이상의 강자가 많다는 것은 박일도는 잘 알고 있었다. 그런 상황에서 자신이 마음대로 힘을 일반세계에 뿌려낸다면 분명 유니온의 제재를 받을 것이 분명하였다.

물론 그는 첫 번째 이유 때문에 그런 일을 벌이지 않을 것이지만, 두 번째 이유 역시 그런 살육을 벌이지 못하는 이유는 되었다.

단적으로 첫 번째 이유를 무시하는 카오틱에빌의 집단인 다크스타 역시 유니온의 강제력에 의해서 스러지지 않았던가.

규칙이 있다면 그것을 지키는 강제력이 있어야 그 규칙은 실효성을 가질 것이다.

문제는 강민은 이 두 가지에서 모두 자유롭다는 것이다.

인간임이 분명하고 한국인이 분명하였지만, 강민이 한국에서 일반인으로 살았던 시간은 20년도 채 되지 않았다.

그 시간의 수천배가 넘는 시간을 생존과 투쟁으로 점철된 시간을 살았다. 물론 수만년의 시간 중에서 일부는 고도로 문명화 된 차원에서 시간을 보낸 적도 있었지만, 대부분의 시간이 약육강식을 벌이는 투쟁의 시간이었다.

그렇기 때문에 강민의 인식은 일반 인간의 인식과는 궤를 달리하였다.

사실 인간의 역사 또한 이렇게 문명화되기 전까지는 약육강식이 당연하지 않았던가. 그런 세상에서 살았던 사람은 지금 문명화 된 세상 사람과 다른 인식을 갖고 있음이 당연할 것이었다.

또한 두 번째 이유 또한 강민에게는 해당사항이 없었다. 이 곳에서 강민을 강제할 수 있는 자는 아무도 없었기 때문이었다.

이능세계에서 강제력을 발휘하는 유니온조차 강민의 하수인이나 다름없는 상황이니 여기서 강민의 판단에 제약을 가할 것은 아무것도 없었다.

그렇게 강민은 오롯이 그 스스로의 판단으로 움직이고 있는 것이었다.

그래서 강민은 박일도의 물음에 자연스레 답을 하였다.

"법적이라 좋은 말이지. 그렇지만 법은 지배계급의 지배도구일 뿐이야. 나는 이 세상의 지배계급이 만든 그런 지배도구에 따라서 내 판단을 제한 할 생각이 없다고 말해두지."

오만한 말이었다. 하지만 강민은 그럴 힘과 능력을 지닌 강자였다.

"허어…."

오만한 강민의 말에 박일도는 자신도 모르게 허탈한 한숨을 내쉬었다.

만일 힘이 없는 자가 그런 말을 했다면 비웃음만 살 일이지만, 강민 같은 강자가 그런 말을 하니 어쩔 도리가 없었다.

여전히 강민의 경지가 전혀 감도 잡히지 않았지만, 자신이 넘볼 수 있는 경지가 아님은 틀림없다고 생각하고 있었다.

마스터에 오른지 얼마 되지 않은 박일도는 자신감이 극에 달해 있었는데 강민의 무공을 본 이후 그런 자신감조차 완전히 사라졌다.

박일도의 생각을 아는지 모르는지 강민은 말을 이었다.

"당신들을 해치우지 않고 이렇게 이야기를 하는 것은 당신들의 심성이 그리 나빠 보이지 않기 때문이야. 차기에 대통령이 되는 사람은 그런 마음으로 잘 지켜주길 바라네."

박일도 역시 마나 성향은 나쁘지 않았다. 아니 분류하자면 선인(善人)에 가까웠다. 그런 마음이니 드러나지도 않는 곳에서 대통령을 지키고 있었을 것이었다.

강민의 말은 들은 박일도는 복잡한 심경에 저도 모르게 한숨을 내쉬었다.

"휴… 또 그런 사람이 대통령이 된다면 어떡하겠소."

현재 박일도의 가장 큰 고민은 이것이었다. 지금이야 이렇게 강민이 일을 벌였기에 그런 부패한 정치인이 처리되었지만, 앞으로 그런 일이 없으리라는 보장은 할 수 없었다.

"어쩔 수 없겠지. 국민은 그 국민의 수준에 맞는 지도자를 가진다고 하니, 또 그런 사람이 대통령이 된다면 지금 이 나라 수준이 그 정도라는 반증이 아닐까? 하지만 너무 걱정하지 말게나. 내가 있는 동안은 그런 사람이 대통령이 될 가능성은 없으니까 말이야."

"그 말은 또 이런 일을 벌이겠다는 것이오?"

"한 번을 했는데 두 번 못할 이유는 없겠지. 그리고 당신 입장에서도 깨끗한 대통령을 수호하는 것이 좋지 않나?"

"그… 그렇긴 하지만…."

"그렇다면 너무 걱정 말게나. 그럼 나는 이만 갈테니 저 밑의 친구들 잘 수습하길."

"잠깐만!"

박일도는 좀 더 이야기를 하고자 강민을 잡으려 하였지만 강민과 유리엘은 이미 사라지고 말았다.

둘이 사라진 허공을 바라보던 박일도는 복잡한 심경으로 한 동안 고민에 고민을 거듭하였다.

'천외천(天外天)이라더니 정녕 하늘 밖에 하늘이 있구나. 경지에 들었다고 자만한 마음을 먹은 것이 부끄러울 정도이군… 그런데 도대체 누구지? 얼굴이… 아. 인식장애가 펼쳐져 있었구나. 마스터의 경지에 오른 내가 간파하지 못할 인식장애라니… 설마… 퍼니셔?'

유리엘의 인식장애마법 때문에 박일도는 강민과 유리엘

의 얼굴을 알아볼 수 없었다. 마법이 없었다면 KM 그룹 회장의 얼굴을 모를 리가 없었다.

하지만 천외천의 능력과 마스터도 알아채기 힘든 인식장애 마법을 생각하니 자연스럽게 퍼니셔의 이름이 떠올랐다.

올림포스에서도 퍼니셔의 인식장애마법을 해결하지 못했다는 것은 꽤나 유명한 일화였다.

또한 하늘 밖에 하늘이 있다는 문구는 퍼니셔의 트레이드 마크와 같은 문구였기에 우연히 떠오른 생각이 그렇게 이어진 것이었다.

'허… 진짜 퍼니셔라면… 유니온에서도 아직 정체조차 파악하지 못하고 있다하니 애초에 어쩔 수 없는 노릇이었군.'

일본의 절대강자 쇼군조차 한 번에 처리하였고, 지금 다크스타를 없앤 것도 퍼니셔라는 이야기가 있었다.

이능세계에서도 이렇게 절대적인 힘을 발휘하고 있는데 일반세계의 대통령을 처리하는 것이 어려울 리가 없었다.

'어쨌든 앞으로는 그의 말처럼 깨끗한 대통령만이 올 것이라고 하니 이번에는 제대로 지켜내야겠군.'

사실 지금 대통령, 이제는 전임 대통령이 된 최영근 대통령을 지키는 것에 호국회의 회원들은 상당한 불만을 갖고 있었다.

대통령을 지키는 것을 목적으로 하고 있는 호국회이기 때문에 어떻게든 임무를 하고 있었지만 부정부패를 하고 있는 대통령을 지킨다는 것은 내키지 않는 일이었다.

　하지만 이제는 지킬만한 가치가 있는 사람이 대통령이 될 것이었다. 그런 생각을 하는 박일도의 눈에는 새로운 결의가 차오르고 있었다.

5장. 추격

NEO MODERN FANTASY STORY & ADVENTURE

현세귀환록

現世
NEO MODERN FANTASY STORY & ADVENTURE
歸還錄

5장. 추격

어두운 계통의 등산복을 입은 다섯 명의 인영들이 울창한 지리산의 숲을 헤치며 달리고 있었다. 옷차림을 보아서는 등산객의 모습이었는데 옷을 제외하고는 등산객이라고 볼 수가 없었다.

우선 등산객들이라면 짊어지고 다니는 배낭이 없었고, 이런 깊은 산을 등산할 때 짚는 지팡이도 없었다. 젊어서 그런 것일 수도 있지만, 결정적으로 그들이 숲속을 달리는 속도는 일반인의 범주를 아득히 초월하고 있었기에 절대 단순한 등산객이라고 할 수 없었다.

한참동안을 달려 나가던 일행은 성인 남성이 세 명이 팔을 둘러야 간신히 감싸 안을 수 있는 커다란 나무가 나오자 그들 중 리더로 보이는 남자의 신호에 따라서 멈추어 섰다.

"헉… 헉… 강호 형님…. 왜… 멈추신… 헉… 헉… 것입니까?"

지친 기색을 감추지 못하는 20대 중반의 청년은 갑자기 멈춰 선 것에 의아해하며 30대 초반 정도로 보이는 청년에게 물었다.

강호라 불린 남자는 질문을 던진 남자에 비해서 숨소리가 고른 편이었는데 그래도 다소 지쳐보이는 것은 매한가지였다.

"휴~ 여기서라도 잠시 쉬지 않으면 더 이상 가기 힘들거야. 유성아. 잠시라도 숨을 골라둬. 또 달려가야 할테니.

유성이라 불린 남자는 어느 정도는 숨이 안정이 되었는지 한결 편한 목소리로 강호에게 다시 물어보았다.

"형님. 그들을 따돌린 것일까요?"

"아니야. 일단 내 기감에 잡히지 않을 정도로는 멀어졌지만 아직 안심하기는 일러. 우욱!"

유성의 질문에 대답하던 강호는 갑자기 입을 막으며 허리를 반으로 숙였다. 입을 막은 그의 손 사이로 검붉은 피가 새어져 나오는 것이 내상(內傷)을 입은 것처럼 보였다.

"형님!"

갑작스러운 토혈에 유성은 놀라 강호에게 다가갔지만, 강호는 다른 쪽 손을 들어 유성의 접근을 막았다.

잠시 후 강호는 어느 정도 안정을 찾았는지 소매자락으로 입을 슥슥 닦으며 괜찮다는 듯 말했다.

"난 괜찮아. 걱정하지마."

"형님, 아까 전의 일격 때문인가요?"

"그래. 권(拳)으로 마스터의 경지에 까지 올랐으니 주먹질이 예사롭지 않더군."

"하지만 그 놈도 형님의 칼에 옆구리를 베였잖아요. 그 놈은 추격대에 없지 않을까요?"

"아니야. 그 공격은 얕았어. 지금쯤이면 충분히 지혈하고도 남을 시간이지. 분명히 추격대에 함께 하고 있을 거야."

"현승에서 마스터까지 고용할 수 있으리라고는 생각지도 못했어요… 괜히 저 때문에 형님이….."

복천의 수장인 이유성은 현승에서 혈마단을 고용한 것은 이미 몇 차례의 격돌을 통해서 알고 있었지만, 그 혈마단이 무림맹의 수족(手足)인 것 까지는 모르고 있었다.

그래서 권왕 조혁군을 현승에서 별도로 고용했다고 판단하고 있었다. 그렇게 판단하는 이유 중에는 조혁군의 행동이 결코 혈마단의 일원처럼 보이지 않았던 것도 한 몫을 하고 있었다.

조혁군은 혈마단의 단주 구양풍만을 같은 동료로 생각하고 있지 나머지 혈마단원들은 무림맹의 죄수 출신이기에 매우 무시하고 약간의 경멸감마저 가지고 있는 상황이었기 그로서는 당연한 행동이었다.

"그런 소리는 마. 어차피 산에서 내려올 생각이었으니까."

이유성의 자책감이 섞인 말투에 강호는 대수롭지 않다는 듯 말을 받았다.

"그렇지만 제가 별도로 연락드리지 않았다면 이렇게 저희와 같이 다닐 이유도 없었겠지요."

"그것도 내 선택이야. 분명 네가 먼저 부탁했지만, 최종 선택은 내가 내렸고 그 책임도 내가 지는 것이야. 네가 자책할 필요는 없어."

"그렇지만…. 차라리 이렇게 된 것 가문에 도움을 요청하시는 것은…."

"거기까지. 너도 알다시피 우리 가문은 필요한 경우를 제외하고는 외부 활동을 최대한 자제하고 있어. 내 문제는 내 문제로 끝내야지 가문을 부를 수는 없는 일이지."

강호의 성씨는 백씨였다. 백씨는 흔한 성은 아니지만 그렇다고 그리 드문 성은 아니었다.

하지만 이능세계에서는 백씨는 특별한 의미를 지니고 있었다. 그 유명한 백두일맥을 이끄는 가문이 백씨였기 때문이었다. 물론 그와 관계없는 백씨도 있었지만 이 백강호의 일가는 바로 그 백씨가문이었다.

더군다나 백강호는 단순한 가문의 일원이 아니었다. 백강호는 바로 백두일맥의 가주 백무성의 손자였기 때문에 백두일맥 내에서도 특별한 위치에 있다고 할 수 있었다.

그렇기 때문에 이유성은 가문에 도움을 청하는 것을 말하고 있는 것이었다.

하지만 백강호는 완고했다. 단지 자신 때문에 가문의 암묵적인 규칙을 깨어서는 안된다 판단했기 때문이었다.

지금 이렇게 나서고 있는 것만 하더라도 가문의 규칙에서 상당히 멀어져 있었기에 더 그렇게 생각했을지도 모르는 일이었다.

사실 백강호조차 그 스스로는 산을 내려오려고 했다고 하지만, 이유성과의 인연이 아니었다면 이렇게 나서지도 않았을 것이었다.

백강호와 이유성의 인연은 어릴 적부터 이어진 매우 오래된 인연으로 피를 나누지는 않았지만 형제라고 해도 과언이 아닐만큼 친한 사이었다.

둘의 첫 만남은 백강호가 17살 이유성이 12살 때였다. 천왕가에서 백두일맥을 방문할 때 이유성 역시 천왕가의 후계자 자격으로 백두일맥을 방문하였고 그 때 백강호는 이유성을 만날 수 있었다.

외부 출입이 거의 없는 백두일맥 출신의 백강호는 이유성과 만남은 외부에 대한 갈증을 해결할 수 있는 소중한 시간이었다.

이유성은 한 눈에도 강해보이는 백강호의 무(武)에 존경심을 느끼고 이후로도 백강호와의 연락의 끈을 놓지 않았다. 그러면서 둘의 관계는 마치 형제처럼 단단해졌던 것이었다.

사는 곳이 멀다보니 자주 만나지는 못했지만 간혹 만나거나 전화통화를 하면 흉금을 털어놓고 이야기를 하는 사이었다.

"휴… 형님이 경지에 드셨다는 것을 알고 이제는 제대로 복수 할 수 있으리라 생각했는데, 현승이 이 정도 역량이 될지는 몰랐네요…."

"그러게 말이다. 이번에는 내가 도움이 될 수 있을 것이라 생각했는데… 미안하구나…."

"아니에요, 형님. 형님이 안 계셨다면 우리는 벌써 저 혈마단의 손에 끝났을지도 몰라요. 아니, 그랬을 거에요."

백강호는 천왕가가 멸문을 당했다는 사실 자체를 꽤나 늦게 알게 되었다. 애초에 외부와 접촉이 없는 백두일맥이기도 했고, 그 중에서도 수련만을 하는 무공광(武功狂)인 백강호는 외부의 소식을 듣는 것이 더 늦는 편이었기 때문이었다.

나중에야 이 소식을 듣고 백강호는 이유성 역시 당시 참화로 죽은 줄 알고 꽤나 좌절했었다.

　그래서 이후에 이유성의 연락이 왔을 때 가주인 할아버지의 말도 다소 거역하며 하산하여 복천에 합류했던 것이었다.

　"이런 이야기는 상황이 나아지면 하고, 숨 좀 골랐으면 다시 움직이자. 아저씨들도 괜찮죠?"

　대화를 하며 어느 정도 숨을 고른 것 같자 백강호는 말을 끊고 다시 길을 나설 것을 이야기 하였다.

　그런 백강호의 말에 이유성의 뒤에 있던 중년인들은 굳은 표정으로 고개를 끄덕였다.

　지금 이유성을 따르는 중년인들은 천왕가의 외부에서 활동하던 천왕가 소속의 가솔들로 천왕이 무너진 이후에 이유성이 이끄는 복천에서 함께하고 있었다.

　모두가 준비가 된 것 같자 백강호는 고개를 한 번 끄덕이더니 입을 열었다.

　"그럼 갑시다!"

　하지만 일행을 뜻을 이룰 수가 없었다. 저 멀리서 10명의 무리가 그들의 앞을 막아섰기 때문이었다.

　"어… 어떻게…."

　갑작스러운 상황에 백강호의 입에서는 당황스럽다는 듯한 목소리의 혼잣말이 새어나왔다. 그도 그럴 것이 지금 백강호의 기감에는 앞에서 다가오는 10명의 기감이 전혀 잡히지 않고 있었기 때문이었다.

지금은 도주를 하고 있는 상황이라 단순한 인기척을 느끼는 정도로 기감을 펼치고 있었는데, 그 정도 상태라면 이런 산속에서는 족히 300미터는 감지할 수 있을 것이었다.

하지만 백강호는 이들이 30미터 정도까지 다가와 시야에 들어오기 전까지는 전혀 알아채지 못하고 있었다.

게다가 바로 앞에서 보이고는 있지만 지금도 이들의 기감은 무척이나 흐려 맷돼지나 곰 같은 산짐승보다도 기감이 약한 상황이었기에 백강호의 의아함은 더 컸다.

그런 백강호의 궁금증을 풀어나 주듯 앞 쪽에 있는 10명 중 리더로 보이는 50대 대머리 중년인이 앞으로 나서며 입을 열었다. 바로 권왕 조혁군이었다.

"여기에 있었군."

앞으로 나선 조혁군의 손바닥에는 어린아이 주먹만한 붉은색 공이 있었는데, 그 공의 가운데 돌출된 버튼을 누르면서 조혁군은 말을 이었다.

"마법사들의 마법기는 이런 상황에서 편리하단 말이야. 굳이 은신술 같이 기감을 줄이는 방법을 사용하지 않고서도 기감을 완전히 차단할 수도 있고 말이야."

이들이 백강호의 기감에도 걸리지 않고 이렇게 지근거

리까지 접근할 수 있었던 이유가 바로 저 마법기에 있었다.

이 마법기가 이들의 기감을 감추어줘서 전력질주를 하여도 백강호가 알아차리지 못하게 하였다.

반면 백강호는 뒤에서 기감이 느껴지지 않았기에 어느 정도는 따돌렸다는 생각에 흔적을 지우면서 도주하였고, 결국 도주에 더 많은 시간이 걸릴 수밖에 없었다.

좌절하고 있는 일행의 뒤에서 또 다른 목소리가 들려왔다. 갑작스러운 목소리에 이유성은 그들이 왔던 길을 돌아보는데 그 쪽에도 10명의 무리가 그들의 퇴로를 가로막으며 그들에게 서서히 다가오고 있었다.

"조대주님 그러기에 제가 말씀드렸지 않습니까? 이걸 쓰면 빠른 시간 내에 잡을 수 있을 거라고 말입니다. 굳이 은신과 같은 번거로운 기술을 쓰지 않고 전력질주를 하니 이렇게 따라잡았지 않습니까?"

"그렇군. 역시 외부 활동이 많았던 구양단주의 말을 따르기를 잘 했던 것 같군."

백강호 일행의 뒤쪽에서 다가온 무리를 이끄는 자는 바로 구양풍이었다. 일행의 퇴로까지 막은 구양풍은 자신이 데려온 혈마단과 조혁군이 이끌고 온 혈마단에게 수신호를 하여 다섯명에 불과한 백강호 일행의 사방을 완전히 포위하도록 하였다.

백강호 일행을 포위하는 것은 순식간에 이루어진 행동이었다. 백강호 일행이 당황하는 틈을 타서 그들이 다시 도망치지 못하도록 구양풍이 모든 길을 차단해 버린 것이었다.

"이제는 더 이상 도망치지 못하겠지. 흐흐. 오늘이 네 놈들의 제삿날이 될 것이야. 그리고 이곳이 네 놈들의 장지(葬地)가 될 것이고 말이야."

백강호 일행이 완전히 포위되었음을 확인한 구양풍이 의기양양한 목소리로 그들에게 말했다.

독 안에 든 쥐를 잡는 것처럼 일제 공격의 수신호를 하려는 구양풍에게 조혁군이 입을 열었다.

"구양단주, 내 저 놈과는 따로 붙어보고 싶은데 말이야."

표면상으로는 혈마단과 조혁군은 아무런 관계가 없는 사이였지만, 실상은 같은 무림맹의 일원이었다. 그리고 구양풍보다 조혁군의 지위가 더 높았기에 구양풍은 그의 말을 거절할 수는 없었다.

게다가 이미 다 잡아놓은 물고기들이라 조혁군의 요청이 무리한 것도 아니었다. 하지만 구양풍은 다소 망설이고 있었다.

"음… 괜찮으시겠습니까? 저 놈이 마스터에 오른지는 얼마 되지 않은 것 같지만 검세가 무척 매섭더군요."

"그래, 이미 한 번 경험해 보았지. 한 치만 더 깊게 들어왔다면 여기까지 따라오지 못했을 것이야."

조혁군은 왼쪽 옆구리를 슬쩍 바라보고 구양풍에게 대답했다. 조혁군이 본 자신의 옆구리는 옷이 세치 가량 잘려있었고 주위가 이미 붉게 물들어 있어 검상을 입었음을 짐작할 수 있게 해주었다.

"그러니까 말입니다. 그냥 같이 합공하는 것이 낫지 않겠습니까?"

이미 백강호와 조혁군은 한 차례 격돌이 있었다. 조혁군은 복천의 본거지를 기습하는 혈마단을 막기 위해서 고군분투(孤軍奮鬪)하는 백강호를 보자마자 자신의 상대가 백강호임을 알았다.

그래서 다른 복천의 일원들은 구양풍과 혈마단에 맡기고 조혁군은 백강호만을 상대하였다.

백강호 역시 주먹에 권기(拳氣)를 드리우고 자신에게 들이닥치는 조혁군을 보고 경지에 이른 무술가임을 바로 알아차렸고 둘은 용호상박의 대결을 펼쳤다.

둘의 대결은 그야말로 박빙(薄氷)으로 보였다. 젊음과 패기를 두른 백강호와 경험과 노련함을 갖춘 조혁군은 일수 일검을 주고받으면서 근소한 대결을 펼치고 있었다.

하지만 주변의 상황이 백강호를 1:1 대결에만 집중할 수 있도록 놓아두지 않았다.

복천의 구성원들은 혈마단의 단원들에 비해서 실력이나 경험이 한참 부족했기 때문에 백강호와 조혁군이 대결을 하는 동안 30여명에 달했던 복천의 구성원들은 이미 반 수 이상이 목숨을 잃고 말했다.

　　그리고 그대로 가다가는 이유성을 포함한 모두가 목숨을 잃고 말 것이라는 생각에 백강호는 무리를 하면서 일시적으로 조혁군을 밀어 낸 뒤 이유성과 생존자들을 구출해서 전장을 탈출하였다.

　　지금 조혁군의 옆구리 상처는 그 당시에 생긴 것이었다. 그 상처를 보았기에 구양풍은 조혁군이 백강호를 홀로 상대한다고 하는 것을 다소 망설이고 있는 것이었다.

　　하지만 조혁군은 자신의 뜻을 굽힐 생각이 없었다. 일검을 허용하기는 하였지만 그러면서 자신 역시 백강호의 가슴에 일격을 가했었고, 권격의 정도를 보아하니 백강호는 자신보다 훨씬 큰 타격을 입고 있을 것이 분명했기 때문이었다.

　　"무술가가 대결을 두려워한다면 더 이상의 발전은 없겠지. 특히 경지에 오른 자와 생사결은 얻기가 힘든 기회야. 포기하고 싶지 않다네."

　　무림맹에서는 조혁군이 더 높은 지위이기 때문에 구양풍이 이런 식으로 그의 의견에 반대할 수는 없겠지만, 이곳의 주재자는 구양풍이었다. 그의 말을 무시하고 자신이 원하는 대로 할 수는 없었다.

구양풍 역시 자신보다 상급자가 이렇게 굽이고 들어오는데, 자신의 생각만을 내세울 수는 없었다.

"음… 알겠습니다. 그렇게까지 말씀하신다면야… 대신, 조심해 주십시오."

"알겠소. 구양단주."

조혁군의 대답을 끝으로 구양풍은 다시 수신호를 하였고, 백강호 일행을 좁게 포위하고 있던 혈마단은 구양풍의 수신호에 따라 다소간 거리를 벌렸다. 조혁군과 백강호가 싸울 수 있는 공간을 마련해 준 것이었다.

혈마단이 물러난 공간으로 조혁군이 들어섰다. 조혁군의 눈에는 백강호 외에는 다른 사람들은 보이지 않았다. 백강호를 제외하고는 한주먹거리에 불과했기 때문이었다.

공간의 가운데, 백강호의 전면에 선 조혁군은 머리를 좌우로 움직이며 목을 푼 뒤 백강호에게 말했다.

"자. 아까 전에 다하지 못했던 대결을 이어서 해보자."

주변의 상황을 본 백강호는 더 이상 피할 수 없음을 직감했다. 탈출도 용이치 않은 것 같았다.

아까 전 천왕가의 본진에서 탈출 할 때에는 난전에 가까운 전투였고 인원도 비슷하였지만, 지금은 인원도 열세에다가 혈마단에서 이곳을 철저히 포위하고 있었기 때문이었다.

"…대결이라… 그렇다면 내가 만일 당신을 이긴다면 우리를 보내 줄텐가? 그 정도 조건은 걸어야 내가 전력을 다할 수 있겠지. 그렇지 않다면 나는 철저히 도망치는 것을 택할 것이야. 내가 도망치는 것에만 전력을 다한다면 당신도 날 잡는 것은 쉽지 않을 걸?"

백강호는 지금 모험을 걸고 있었다. 이유성을 버리고 도망칠 생각은 없었지만, 상대가 그렇게 생각해서 자신의 제안을 받아들여 주기를 바라면서 이런 도발을 하는 것이었다.

조혁군이 대답하지 않고 가만히 있자, 자신의 제안을 고려한다고 생각한 백강호는 좀 더 그를 자극하며 말을 이었다.

"당신이 원하는 능력자와의 생사결을 하고 싶다면 조건을 받아들이라고. 당신 말처럼 쉽게 오는 기회는 아니야. 내가 이 승부를 포기한다면 언제 또 이렇게 마스터와 생사결을 할 수 있겠나?"

백강호는 이 상황을 벗어나기 위한 일말의 희망을 갖기 위해서 조혁군이 조건을 받아들이게 하고 싶었지만, 백강호의 경험보다는 조혁군의 경험이 월등히 앞섰다.

이런 어설픈 계략에 넘어갈 만큼 조혁군의 경험은 짧지 않았다.

"후후. 어설픈 격장지계를 사용하는 군. 어차피 우리의 목적은 복천의 제거다. 네 놈과의 승부는 그 목적을 완수하는 것에 곁들린 선택사항 같은 것이고 말이야. 네 놈이 도망치는 것에 전력을 다한다면, 그렇게 해봐. 그것도 나름 좋은 경험이 될테니까."

조혁군은 백강호의 심리를 완전히 읽고 있었다. 오랜 경험이 그것을 가능하게 한 것이었다.

또한 조혁군의 말은 이것이 끝이 아니었다. 이어지는 조혁군의 말에 백강호는 그의 의도대로 할 수 밖에 없겠다는 생각이 들었다.

"그리고 우리가 모두 들이닥치지 않고 내가 이렇게 혼자 나서는 것 만해도 네겐 기회가 아닌가? 만에 하나 네가 나를 이긴다면 그나마 네놈들의 승산이 조금이나마 올라갈 것 같은데 말이야. 그렇게 되면 일말의 탈출 희망이 생기겠지. 안 그래?"

"기회라…."

조혁군의 말이 자신의 말보다 더 설득력이 있었다. 고민을 해봐도 어차피 이유성을 버리고 갈 생각이 없는 백강호에게 놓은 선택지는 하나뿐이었다.

결국 백강호는 조혁군의 앞에 나섰다. 그의 말처럼 일말의 기회라도 잡기위해서는 어쩔 수 없는 노릇이었다. 경험에서 앞선 조혁군의 말대로 된 것이었다.

혈마단은 큰 나무를 중심으로 일행을 크게 포위하고 있

었고, 이유성과 다른 세 명의 중년인은 큰 나무를 등지고 서 있었다.

싸움의 여파가 일행에게 미치지 않도록 하기 위해서 그들의 앞으로 천천히 걸어 나온 백강호는 서서히 기를 고조시키며 오른손에 1미터가 넘는 길다란 장검을 꺼내어 들어 바닥으로 내려트렸다.

역시 천천히 앞으로 걸어와 백강호 앞에 마주 선 조혁군은 손바닥을 편 왼손을 앞으로 주먹을 쥔 오른손을 옆구리 쪽에 두고 자세를 잡았다.

이 두 마스터 간의 대결에 주위에서는 아무런 말도 없이 긴장한 채 이 둘만을 뚫어져라 바라볼 뿐이었다.

특히, 이유성과 그 일행에게는 단순한 마스터 간의 대결이 아니었다. 만일 백강호가 진다면 자신들의 목숨 역시 사라질 것이 불 보듯 뻔 한일이기 때문이었다.

자세를 잡고 있는 둘 사이에서 일반인들은 느낄 수 없는 마나기류가 세차게 흐르기 시작했다. 마치 거대한 두 개의 태풍이 격돌하는 것 인양 마나기류는 격렬한 움직임으로 사방에 퍼져나갔다.

하지만 사방는 조용했고 산속에서 흔한 풀벌레, 새소리 하나 들리지 않았다. 마치 소리 없는 아우성과 같았다.

얼마나 시간이 흘렀을까? 모두가 긴장한 표정으로 둘을 바라보고 있을 때, 긴장감을 이기지 못한 이유성이 침을 꿀꺽 삼켰다.

평소같으면 타인에게 들릴 리가 없는 소리가 지금은 마치 천둥같이 들렸다. 그리고 이것이 신호가 된 듯 백강호와 조혁군은 서로에게 뛰어 들었다.

"하압!"

"하!"

동시에 기합성을 지르며 순식간에 지근거리로 다가선 둘의 대응은 달랐다. 검(劍)과 권(拳)의 간격차이 때문이었다.

검을 쓰는 백강호에 비해서 권을 주공으로 하는 조혁군은 좀 더 가까운 간격이 필요하였다.

백강호가 푸른 불길을 머금은 듯한 자신의 검으로 조혁군의 상단을 노리며 베어가는 동안, 조혁군은 불덩이 그 자체와 같은 붉은 그의 주먹으로 백강호의 검을 튕겨내며 백강호의 가슴 안쪽으로 뛰어 들었다.

쾅~!

폭음이 터져나왔다. 조혁군이 백강호의 가슴팍으로 뛰어들며 날린 권격을 어느새 돌아온 백강호의 검이 막아냈던 것이었다.

하지만 지금의 간격은 조혁군에게 유리하였다. 당연히 이를 알고 있는 백강호는 뒤로 물러서 자신의 간격을 찾으려고 하였는데 조혁군은 이를 용납하지 않았다.

물러서려는 백강호를 쫓으며 연속적인 권격을 펼쳤다. 마치 이번 기회에 승부를 바로 결정지으려는 듯한 모습이었다.

쾅쾅쾅쾅쾅~!

조혁군은 맹호광란(猛虎狂亂)의 식으로 좌우 주먹을 번갈아 뻗치며 백강호를 가격했는데, 아직도 자신의 간격을 찾지 못한 백강호는 간신히 방어를 굳히고 공격을 받아내고 있을 뿐이었다.

'으윽… 허초인 줄 알았는데, 바로 실초로 전환해서 연환공격을 하다니….'

아직 경험이 부족한 백강호는 조혁군의 처음 공격을 견제공격과 같은 허초로 생각했는데, 조혁군은 그런 백강호의 생각을 읽었는지 그 허초(虛招)를 바로 실초(實招)로 전환하여 승기를 잡아갔던 것이었다.

'이대로라면 오래 버티지 못해. 어서 간격을 잡아야 할 텐데….'

백강호는 조혁군의 파상공세를 자신의 검과 함께 호신기(護身氣)를 펼쳐서 간신히 막아내고 있었지만, 호신기는 마나 소모가 무척이나 큰 기술이었다.

잠깐이면 몰라도 장시간동안 펼칠 수 있는 기술은 아니었다.

하지만 조혁군의 공격은 끊길 줄을 몰랐다. 한번 잡은

승기를 놓치지 않는 노련한 모습을 조혁군은 보여주고 있었다.

맹호광란세의 연환공격으로 백강호를 수세에 몰아넣은 조혁군은 이어지는 공격으로 노호출동(怒虎出洞)의 식을 선택하였다.

노호출동은 성난 호랑이가 동굴을 뛰쳐나가듯 타오른 기세를 이어갈 수 있는 공격식이었는데 상대방을 수세에 몰아넣었을 때 결정타로 종종 사용하는 수법이었다.

다만 아직 백강호는 조혁군의 공세가 바뀌는 것을 알아채지 못하고 있었다.

아니나 다를까 조혁군의 주먹이 백강호의 옆구리를 노리고 들어오자, 백강호는 지금까지처럼 오른손에 든 검을 자신의 몸 쪽으로 돌려 조혁군의 주먹을 막아나갔다.

팡~!

여태까지와는 다른 소리였다. 조금 전까지는 공방에 엄청난 경력이 담겨있어 숫제 폭음과 같은 소리가 났는데 지금은 가볍게 퉁겨내는 소리가 났다.

"......!"

순간적으로 백강호는 무언가 잘못되었음을 깨닫고 온몸에 두른 호신기를 강화시켰다. 그리고 집중력이 고도로 올라감에 따라 전장의 시간이 천천이 흐르기 시작했다.

초월의 영역에 들어선 것이었다.

초월의 영역에 든 백강호는 자신의 머리통을 향해서 날아오는 조혁군의 주먹을 볼 수가 있었다. 조금 전의 공격은 전형적인 허초였던 것이었다.

지금의 권격은 여태까지의 연환식과는 다른 공격이었다. 조혁군의 주먹에 맺힌 권기(拳氣)를 볼 때 연환식을 막는 것처럼 저 공격을 막는다면 큰 피해를 입을 것이 분명해 보였다.

조혁군의 주먹을 본 백강호는 자신 역시 승부수를 띄울 때가 왔다고 판단하였다. 저 공격이 아니었더라도 어차피 백강호는 지금의 수세에서 벗어나야 했다.

그렇지 않고서는 승산이 없었다. 그렇기에 다소 무리가 되더라도 단전을 자극하여 전신의 마나를 강렬하게 끌어올렸다.

"하아압!"

기합성과 함께 백강호는 우측으로 한 발자국 움직였다. 조혁군이 펼친 주먹의 궤적을 아슬아슬하게 벗어나는 한 걸음이었다.

백강호의 지금까지 움직임으로서는 도저히 피할 수 없는 공격이라, 분명 막을 것이라 생각했던 조혁군은 놀랄 수밖에 없었다.

그리고 그 놀라움은 거기서 끝나지 않았다. 한 걸음 움직이는 동시에 백강호의 검격이 펼쳐졌기 때문이었다.

천룡낙뢰(天龍落雷)의 식이었다. 하늘의 용이 번개를 뿌리듯 푸른 검기를 머금은 백강호의 검이 하늘에서 땅으로 떨어졌다.

엄청난 경력을 품고 있는 백강호의 검세를 본 조혁군 역시 다급해졌다. 자신 역시 노호출동의 공격을 하느라 자세가 무너졌기 때문이었다.

극도로 집중력이 올라간 조혁군은 공격했던 방향으로 몸을 던지마 바닥을 구르는 것으로 백강호의 공격을 피해 내었다.

콰아아앙!

결국 백강호의 공격은 바닥을 때리고 말았다. 하지만 의미 없는 공격은 아니었다. 자신의 간격을 찾았기 때문이었다.

지금까지 백강호가 수세에 몰린 가장 큰 이유는 조혁군의 간격에서 싸웠기 때문이었다. 백두일맥 내에서도 검의 천재라고 불렸던 백강호가 자신의 간격을 찾은 이상 조금 전과 같은 일방적인 상황은 벌어지지 않을 것이었다.

아니나 다를까 굴욕적으로 바닥에 굴러 공격을 피했던 조혁군이 다시 일어나 자세를 잡았는데, 그가 채 간격을 좁히기도 전에 백강호의 검세는 이미 조혁군에게 도달해 있었다.

비룡섬광(飛龍閃光)의 쾌검식이었는데 조혁군의 미간을 노리고 날아드는 검세를 조혁군은 간신히 고개를 오른쪽으로 돌리며 피해냈다.

하지만 공격은 그게 끝이 아니었다. 지금까지 받았던 공격을 모조리 되돌려 주는 것처럼 백강호의 검세는 조혁군을 매섭게 몰아치고 있었다.

전황이 변하는 것 같자 주변에서 이 둘의 대결을 지켜보는 이들의 표정도 같이 바뀌었다.

조혁군이 승기를 잡았을 때만 하더라도 구양풍의 표정은 자신만만하였고, 혈마단 역시 흥미진진한 표정으로 대결을 지켜보고 있었다.

그러나 지금 구양풍의 표정은 매우 찌푸려져 있었고 심각해보였다. 만일 조혁군이 백강호에게 진다면 자신들의 목숨도 장담하지 못할 수 있었다.

물론 지더라도 치명상을 남긴다면 자신들이 마무리를 할 수 있었다. 문제는 백강호가 별다른 상처 없이 살아남는 경우였다.

그 경우가 된다면 모든 계획이 다 흐트러질 수 있었다. 그것만은 막아야했다.

굳은 표정으로 고민을 하던 구양풍은 자신의 심복에게 전음을 날렸다.

[조대주가 힘들 것 같다. 나무를 등지고 있는 꼬마를 공

격해서 저놈의 신경을 돌려라.]

[단주님. 그렇게 된다면 조대주님이 분노를 어떻게 감당하시려고….]

[분노는 무슨 분노! 이런 일이 벌어지지 않게 하려면 승기를 잡았을 때 이기던가! 어차피 조대주도 현실적인 인간이야. 표면적으로는 화를 내겠지만 속으로는 고마워 할거야.]

[…그렇지만….]

구양풍의 지시에도 심복은 망설이는 듯한 모습을 보였다. 그럴 수밖에 없는 것이 자신이 나서서 대결을 방해한다면 조혁군이 그 원흉을 찾아서 처벌 할 것이 두려웠기 때문이었다.

구양풍은 심복이 망설이는 이유를 당연히 파악하고 있었다. 일개 단원이 그것도 평소에 조혁군이 경멸하는 단원이 그의 일을 방해한다면 그의 성정 상 엄벌을 내릴 것이 분명했기 때문이었다. 분노가 심하다면 죽음으로 처벌할 수도 있었다.

그렇기 때문에 구양풍은 심복을 달래며 다시 한 번 전음을 날렸다.

[자네는 걱정마. 내가 지시했다고 사실대로 말할 테니까.]

[아. 그렇습니까? 그러다면야….]

[조금 있다가 내가 신호를 보내면 저 꼬마 놈을 공격해.]

20대 중반인 이유성은 꼬마라 불리기에는 많은 나이였지만 다소 작은 키에 어려보이는 외모 때문에 구양풍은 이유성을 꼬마라고 지칭하고 있었다.

구양풍이 심복과 전음을 주고받는 사이 전황은 조혁군에게 더 힘들게 돌아가고 있었다.

백강호 역시 한 번 잡은 승기를 놓치지 않기 위해서 가지고 있는 비기(秘技)를 모두 동원하여 조혁군을 공략하고 있었기 때문이었다.

내공의 양이나 전투의 경험은 조혁군이 백강호에 비해 월등히 높았지만, 백강호의 기기묘묘(奇奇妙妙)한 검술에 조혁군은 도무지 수세에서 벗어나지 못하고 있었다.

한동안 조혁군의 수세가 이어지자 구양풍은 심복에게 고개를 움직여 신호를 보냈다. 구양풍의 신호만을 기다리고 있던 심복은 백강호나 이유성 등이 알아차리지 못하게 서서히 자리를 움직여 공격할 틈을 보았다.

한참 조혁군에게 공격적인 검세를 펼치는 백강호는 이런 움직임을 알아차리지 못하는 것 같았다. 이유성과 복천의 중년인들도 백강호의 대결에 집중하느라 혈마단원의 움직임을 눈치채지 못하였다.

조혁군조차 알아채지 못할 만큼 은밀한 움직임이었다.

구양풍과 혈마단원 외에는 이번 공격을 아무도 모르는 것 같았다. 그러나 보는 눈이 하나, 아니 둘 더 있었다.

"수강아. 저 아저씨가 저기 저 애 노리고 움직이는 거 아니니?"

"그런 것 같네. 그렇게 된다면 지금 싸우고 있는 검사가 흔들릴 텐데."

"그… 그럼 우리가 도와줘야 하는 것 아닐까?"

"누나. 저기 저 사람들을 둘러싼 사람들 하나하나가 나 못지않은 실력자야. 내가 도와줄 수 있는 상황은 아닌 것 같아."

"그러면 어떡해…."

"우리로선 어쩔 수 없을 것 같아."

조혁군과 백강호의 대결, 그리고 혈마단의 움직임을 지켜보고 있는 눈은 바로 한수강과 한수아였다.

마스터 간의 대결에서 뿜어져 나오는 엄청난 마나파장에 유키의 치료를 위해 지리산에 자리잡고 있는 한수강과 한수아가 무슨 일인지 싶어서 이 곳까지 오게 된 것이었다.

다만 지금 이곳은 유리엘이 펼쳐놓은 은신 결계가 있었기 때문에 누구도 둘이 있는지 모르고 있었다.

은신 결계는 보호 결계와는 달리 방어력은 없지만 그 결계가 보호하고자 하는 대상은 타인의 인식에서 완전히 숨겨주는 이능이 있었다.

물론 일반적인 은신결계라면 백강호나 조혁군과 같은 마스터들이 그것이 펼쳐져 있는 것을 알아차리지 못할 리가 없었다.

즉, 누가 있는지는 모르더라도 은신결계가 있다는 것 정도는 알 수 있었다.

하지만 유리엘이 펼쳐놓은 결계는 달랐다. 설령 마스터라 하더라도 전문적인 탐지능력이 있는 마스터가 아니고서야 그 결계의 존재자체도 파악하기 힘든 결계였다.

그래서 이들과 다소 떨어진 곳에 있는 한수강과 한수아는 강 건너 불구경을 하듯이 저들의 대결을 지켜보고 있었는데, 한 혈마단원의 갑작스러운 움직임에 한수아가 입을 열었던 것이었다.

아무래도 약자로 보이는 무리에 호감이 갔던지 한수아는 백강호 일행을 도와주길 바랬지만, 한수강의 말처럼 그가 어떻게 할 수 있는 상황은 아니었다.

한수강과 한수아가 안타까워하는 것도 모르는 채 백강호의 공격은 더 과감하게 이어졌다.

전투가 길어지면 조혁군을 처리하더라도 이곳을 빠져나갈 힘이 모자랄 수 있었기에, 약간 무리가 되더라도 힘을 비축한 상태로 조혁군을 쓰러트리기 위해서 위험을 무릅쓴 공격을 하고 있는 것이었다.

조혁군이 완전한 수세에 몰려서 패색이 짙어지자 구양

풍은 결단을 내렸다. 다시 한 번 고개짓을 하여 심복에게 신호를 준 것이었다.

구양풍의 마지막 신호를 본 심복은 과감하게 이유성에게 공격을 날렸다.

"하앗!"

심복의 기합성이 터져 나온 시점은 백강호가 천룡투심(天龍偸心)의 식으로 조혁군에게 치명적인 일격을 가하려는 찰나였다.

6장. 반전

NEO MODERN FANTASY STORY & ADVENTURE

현세귀환록

現世
NEO MODERN FANTASY STORY & ADVENTURE
歸還錄

6장. 반전

갑작스러운 기합성에 백강호는 황급히 뒤쪽으로 기감을 보내 상황을 파악했다. 하지만 아직 조혁군에 대한 공격을 멈춘 것은 아니었다.

백강호의 기감에는 혈마단원의 공격 외에도 생각지도 못한 공격에 당황해하는 이유성의 모습이 잡혔다. 복천의 다른 중년인들도 당황한 기색이 역력하여 이대로라면 이유성의 목숨이 날아갈 것만 같았다.

찰나에 가까운 시간이었지만 백강호의 심경은 복잡하였다. 지금 끌어올린 천룡투심을 이용한다면 이유성을 살릴수 있을 것이었다.

하지만 이렇게 동작이 큰 공격을 지금 상대하고 있는 조혁군이 아닌 다른 곳에다 한다면, 그 틈새를 노린 조혁군에게 치명적인 일격을 당해 자신의 목숨이 위험할 수도 있었다.

내적 고민은 길었지만 실제로는 눈 깜빡할 시간보다도 짧은 시간이었다. 그리고 백강호의 성향 상 그가 내릴 결론은 어쩌면 당연하였다.

결국 백강호는 자신의 목숨이 위험해 질 수도 있었지만 당장 이유성을 살리기 위해서 모아둔 검기를 자신의 뒤쪽으로 날렸다.

휘익~! 파슉!

엄청난 내력이 실린 공격이다 보니 천룡투심은 이유성을 공격하는 혈마단원의 몸통을 두 조각으로 나눌 뿐만 아니라, 그 뒤에 있는 아름드리나무까지 같이 베어 버리고 말았다.

우지지지직~ 쿠~~앙~~!

아름드리나무는 수령이 몇 백년은 되어 보이는 커다란 나무였지만 마스터의 검기를 이길 정도의 단단함은 갖고 있지 못하였다.

백강호의 공격에 나무는 절단면에 따라 미끄러지듯이 서서히 움직이다가 꿍음을 내며 바닥에 쓰러졌다.

그리고 나무가 쓰러져서 커다란 소리를 내는 동안 한 번의 폭음이 다시 들려왔다.

콰앙!

조혁군이 백강호를 가격하는 소리였다. 한껏 마나를 두른 공격이라 나무가 쓰러지는 것과 비슷한 크기의 파열음이 터져 나왔다.

백강호가 예상한대로 조혁군은 가만히 있지 않았다. 줄곧 수세에 몰려 있어 지금도 자신에게 날아올 공격을 방어하고자 한껏 기를 드리우고 있었는데, 갑자기 백강호가 다른 곳으로 공격하자 그 기회를 놓치지 않고 백강호의 왼쪽 옆구리를 가격하였다.

공격적인 천룡투심을 사용하느라 방어할 기조차 거의 남아있지 않았기에 조혁군의 공격은 백강호에게 치명적이었다.

스스로를 정정당당한 무예인이라 생각하는 조혁군이지만 구양풍의 말처럼 현실적인 면이 있었다.

만일 이번 기회를 놓친다면 다시 이런 기회를 잡기 힘들 것이라는 판단에 조혁군은 망설이지 않고 백강호를 공격했던 것이었다.

"형님!"

조혁군의 치명적인 일격에 정신마저 가물가물해진 백강호는 이유성이 자신을 부르는 소리를 어렴풋이 들으면서 마지막까지 잡고 있던 의식을 놓고 말았다.

이유성 때문에 이렇게 되었지만 백강호는 마지막까지

이유성을 생각하고 있었다.

'아… 내가 쓰러지면 유성이는….'

결국 다른 사람의 도움이 있었지만 어쨌든 조혁군이 이겼고, 백강호가 패했다. 그 말인즉슨 백강호의 생각대로 이유성 일행의 목숨도 풍전등화의 처지라는 말이었다.

그리고 목숨이 풍전등화에 다다른 사람은 이유성 일행뿐만이 아니었다. 여기 또 위기에 처한 사람들이 있었다. 바로 한수강과 한수아였다.

의도치는 않았지만 백강호가 자른 아름드리나무가 유리엘이 펼친 은신결계의 핵이었다. 그 나무가 베어지면서 은신결계가 깨어졌던 것이었다.

유리엘은 은신의 성능을 높이기 위하여 결계의 핵을 저 나무를 사용하였었다. 즉, 은신결계의 마나를 자연기(自然氣)에 동화시켜 결계의 마나가 외부로 드러나지 않도록 하였는데, 저 나무가 베어지면서 은신결계가 파훼되어 버린 것이었다.

이미 현승의 자료집을 다 확인한 구양풍은 한수강과 한수아의 모습을 보고 한눈에 둘의 정체를 바로 알아차렸다. 더군다나 한수아는 구양풍이 그토록 찾아 헤매었던 사람이기에 모를 수가 없었다.

"앗! 너희들은!"

현승이 국가적 규모의 비리에 연루되고 난 이후 현승을 통한 KM 그룹의 압박은 의미가 없어졌다.

아니 한국사회 전체가 혼란스러운 와중이라 정재계, 언론계 등의 일반세계에서 퍼니셔를 압박하는 것 자체가 의미가 없어졌다 할 수 있었다.

따라서 구양풍은 현승에서 받은 자료집을 토대로 강민의 가족이나 지인을 확보하여 압박하는 식의 플랜B 형태로 전략을 수정하였다.

하지만 그 방법도 어려움이 따랐다. 강민의 유일한 아킬레스건이라 할 수 있는 가족들은 강민과 몇 달째 같이 여행 중이었기 때문에 그들에게는 접근조차 할 수 없었다.

현승의 자료집에 따르면 가족들 외에 강민에게 압박을 줄 수 있을 만큼 친분이 있는 사람은 거의 없었다.

다만 거의 없다는 말은 하나도 없다는 말은 아니었다. 가족은 아니지만 가족처럼 지내는 사람들이 있었는데, 최강훈, 정시아, 한수아 등이 그런 사람들이었다.

그 중 최강훈과 정시아는 지금 강민과 같이 여행을 하고 있기에 해당사항이 없었고, 친분이 있는 사람 중에서 지금 강민과 같이 있지 않는 유일한 사람이 한수아였다.

한수아는 가족은 아니지만 벌써 몇 년째 같은 집에서 살면서 후견인으로서 친동생처럼 돌보아 주고 있다고 하니 잡을 수 있다면 강민을 압박할 수 있는 최적의 수단이었다.

더군다나 이 한수아는 마스터인 최강훈이나 A+급인 정시아와는 달리 무력이 없는 일반인으로 보여 현실적으로도 그녀만한 선택지가 없었다.

그래서 그녀의 소재를 찾기 위해서 서울, 아니 한국 전체를 이 잡듯이 뒤졌지만 어디로 숨었는지 그녀의 위치조차 알 수가 없었다.

출입국관리소를 통해서 해외출국기록까지 확인하여 분명 한국 내에 머무르고 있다고 판단하였는데, 아직까지 그녀의 소재를 파악할 수 없어 구양풍은 꽤 좌절하고 있는 상황이었다.

한수아마저 확보하지 못한다면 독고패가 시킨 일을 제대로 완수 하지 못할 것 같다는 생각 때문이었다.

이렇게 스스로 압박을 받던 구양풍은 우선 원래 목표였던 복천의 씨를 말리기 위해서 움직였다. 일단 하나라도 일을 마무리 짓고자 하는 생각에서였다.

그런 생각으로 사전에 파악해둔 복천의 근거지인 이 지리산으로 그들을 치러 온 것이었는데, 뜻밖에 이곳에서 한수아를 만나니 구양풍으로서는 하늘이 도왔다고 생각할 수밖에 없었다.

'어떻게 이곳에 있는지는 모르겠지만, 잘 되었어. 맹주

님의 지시를 드디어 이행할 수 있겠군.'

짧은 시간에 생각을 정리한 구양풍은 서둘러 혈마단원들에게 지시를 하였다.

"1조, 2조는 신속하게 움직여서 저 둘의 신병을 확보하라! 죽여서는 안 된다. 반드시 생포하라!"

백강호와 이유성 일행을 둘러싸고 있던 혈마단 중 10명의 혈마단원이 구양풍의 지시에 따라서 한수아와 한수강에게 날듯이 뛰어갔다.

은신결계가 깨어진 후 구양풍이 한수아를 생포하라는 지시를 내리는 데 까지 걸린 시간은 순식간이라고 할 만큼 짧은 시간이었다.

아직 한수강과 한수아는 은신결계가 깨어진 것에 대한 파악도 제대로 되지 않고 있었다. 혈마단원들이 둘에게 뛰어오자 그제야 상황을 파악한 둘은 서둘러 뒤로 물러나려 하였지만 한수아는 무공을 모르는 일반인이었기 때문에 물러나는 속도가 느릴 수밖에 없었다.

절체절명의 위기 상황이었다.

✤

"어? 음…."

"왜 그래, 유리?"

모던한 스타일의 검은색 비키니를 입고 선베드 위에 누워 선탠을 하던 유리엘은 뭔가를 느꼈는지 갑자기 상체를 일으키며 경호성을 내었다.

갑작스러운 그녀의 행동에 옆에 누워서 같이 망중한을 즐기고 있던 강민도 일어나서 그녀에게 무슨 일인지 물었다.

하지만 유리엘은 이미 생각에 잠겨 있었다. 마나위성을 통해서 뭔가 확인하는 것만 같았다.

생각하는 시간은 길지 않았다. 금방 상황을 확인한 유리엘은 강민에게 몸을 돌려 입을 열었다.

"지리산에 있는 은신결계가 깨어졌네요."

"지리산이라면 수아와 수강이가 있는 곳 말하는 거지?"

"그래요. 자연기에 동화시키려고 수령이 오래된 나무를 결계의 핵으로 삼았는데 그게 베어졌어요."

"그래? 누구지?

"짧게나마 시간을 돌려 확인해보니 벤 사람이 의도한 것 같지는 않은데. 지금 그들이 상대하는 사람들이 현승을 장악했던 혈마단이라는 녀석들이네요."

"그렇다면 수아와 수강이도 위험한 상황이겠네."

혈마단에서 KM그룹, 아니 강민을 노리고 움직인다는 것은 이미 알고 있는 사실이니, 그들의 앞에 나타난 한수강과 한수아의 처지는 당연히 위험한 상황일 것이라는 예상이 가능하였다.

"그래요. 숙소 인근에서 싸움이 벌어지고 있어서 이 녀석들이 그걸 구경한다고 나와 있었네요. 그렇지만 않았어도 이렇게 바로 걸리지는 않았을 텐데요."

은신결계는 꽤나 넓은 범위에 펼쳐져 있었기에 만일 한수아가 숙소에 머물고 있었다면 구양풍으로서는 은신결계가 깨어진 이후에도 한수아를 찾기는 요원한 일이었을 것이었다.

하지만 한수아가 전투의 소리를 듣고 그것을 구경하기 위해서 구양풍의 지근거리에 있다보니 이렇게 딱 걸리게 된 것이었다.

"어쨌든 처리해야겠군. 순서대로 처리하려 했더니 꼭 이렇게 먼저 나서는 놈들이 있단 말이야."

"그러게 말이에요."

강민이 혈마단을 그대로 놓아둘 리는 없었다. 이 곳의 일정을 마치고 나면 중국으로 넘어가서 관광을 할 텐데 그때 무림맹을 처리하고, 모든 여행을 마치고 한국으로 귀국하고 나면 마지막으로 혈마단을 처리할 생각이었다.

순서를 지킬 필요가 있는 것은 아니었지만 굳이 유리엘에게 불필요한 수고를 끼치고 싶지 않았기 때문이었다.

유리엘은 가볍게 행하고 있지만 일반적으로 초장거리 순간이동은 마법진의 도움 없이는 거의 불가능하다고 알려져 있었다.

그랜드 마스터 경지인 9서클의 대마법사도 마법진의 도움이 없는 초장거리 순간이동은 상당한 부담이 되는 마법이었다.

물론 유리엘은 그들과 비교할 수 있는 수준이 아니었기에 그들이 받는 부담을 느끼는 것은 아니었지만, 강민은 필요하지 않다면 약간의 불편이라도 그녀에게 주고 싶지 않았다.

하지만 지금은 움직여야 할 때였다. 그녀가 움직이지 않는다면 한수강과 한수아의 목숨이 떨어져 버릴 것이기 때문이었다.

"강훈이를 보낼까?"

"그쪽의 전력이 만만치 않네요. 마스터도 하나 있고, A+급에 A급, B급도 다수 있구요. 그냥 우리가 잠시 다녀오는 것이 나을 것 같아요."

유리엘의 말에 강민은 이견 없이 그녀의 의견을 받아들였다.

"그렇게 하자."

"그럼 갈까요?"

유리엘만 가도 충분히 해결가능한 일이지만 둘은 언제

나 일심동체였기에 당연히 같이 움직이려 하였다. 강민 역시 자연스럽게 같이 간다고 생각하며 입을 열었다.

"그래. 강훈이에게 잠시 다녀온다고 말해두지."

둘이 자리를 비우는 사이 한미애나 강서영을 부탁하는 것이었다. 물론 마법기 때문에 어떤 상황에서도 안전하겠지만 그런 상황 자체가 안 생기도록 하는 것이 더 좋기 때문에 부탁을 하는 것이었다.

강민이 심어를 통해서 최강훈에게 잠시 상황을 말하는 동안, 유리엘은 손을 저어 강민과 자신의 옷차림을 수영복에서 가벼운 트레이닝복 차림으로 바꾸었다.

이내 상황 설명을 마친 강민이 유리엘을 향해 고개짓을 하자 유리엘도 마주 고개를 끄덕인 후 늘 그렇듯이 손가락을 튕겼다.

딱~!

✢

"누나! 어서 숙소로 돌아가서 유리누나한테 연락해! 여긴 내가 맡을게!"

숙소로 돌아가면 유리엘과 연락할 수 있는 마법 수정구가 있었다. 물론 이곳에서 전화로 연락을 할 수도 있었지만 지금 휴대전화를 꺼내서 그것을 누를 경황도 없었다.

또한 행여 유리엘이 늦게 전화를 받는다면 자신들의 상황을 알리기도 전에 당할 수 있었기에 숙소로 달려서 수정구를 사용하는 것이 낫다고 한수강은 판단했다.

그리고 한수아에게는 말을 못했지만 그 속내에는 최소한 숙소까지 가서 유리엘을 부른다면 자신은 몰라도 한수아는 살 수 있을 것이라는 생각도 있었다.

당황한 한수아는 그런 한수강의 속내도 모르는 채 서둘러 숙소로 돌아가 유리엘에게 연락하기 위해서 몸을 돌려 달려가기 시작했다.

한수아를 보낸 한수강은 결의에 찬 눈빛으로 멀리서 뛰어오는 혈마단원을 맞이하였다.

'내가 막아야 우리가, 아니 누나가 살 수 있어!'

한수강은 난폭하게 뛰어오는 10명의 혈마단원 모두를 필사의 각오로 막으려 하였지만 그 혼자서 10명을 모두 막기에는 중과부적(衆寡不敵)이었다.

앞장 선 다섯 명의 혈마단원이 한수강을 가로 막는 동안, 나머지 다섯 명은 한수아를 잡기 위해 한수강을 지나쳐 버렸다.

한수강은 자신을 지나쳐서 한수아에게 가는 혈마단원들을 막기 위해서 그들에게 검격을 날리려 하였지만, 이미 다섯 명의 혈마단원이 자신을 둘러싸고 빈틈을 노리고 있었다.

숲 속의 나무를 방패삼아서 그들을 대응한다고 해도 세 명도 채 상대하기 힘든 상황이었다.

당연하게도 한수아를 노리는 혈마단원을 막을 수가 없었다. 한수아는 역시 열심히 뛰어갔지만 일반인의 속도로 이능력자의 추격을 뿌리칠 수는 없는 노릇이었다.

한수강을 지나친 혈마단원은 몇 초 지나지 않아서 한수아를 손에 잡을 수 있을 정도까지 접근하였다.

한수아의 뛰는 모습을 보고 그녀가 일반인인 것을 알고 있었기에 한 혈마단원은 거리낌 없이 그녀의 팔을 잡으며 환호를 외치려고 하였다.

"잡았…!"

쾅!

하지만 그는 말을 채 다 마치지도 못하였다. 폭음과 함께 숯덩이로 변해버렸기 때문이었다.

갑작스러운 폭음에 한수아를 쫓던 혈마단원 뿐만 아니라 이미 이유성 일행을 잡은 혈마단원의 시선까지 모두 이쪽으로 집중되었다.

그 시선에는 당연히 구양풍과 조혁군의 시선도 포함이 되어있었다.

"웬 놈이냐!"

혈마단원이 당하는 것을 확인한 구양풍은 빠르게 두리번거리면서 마법 공격의 시전자를 찾았다. 그러나 구양풍의 시야에는 아무도 보이지 않았다.

구양풍의 외침에도 마법의 시전자가 나타나지 않자 구양풍은 생각을 달리 하였다.

'마법 함정을 밟은 것인가?'

그 때 여전히 자신이 잡힐 뻔한지도 모르는 채 죽을힘을 다해 뛰어가던 한수아가 풀썩 쓰러지더니 하늘로 서서히 떠올라 갔다.

그렇게 한수아가 떠오르는 방향의 하늘에는 두 명의 인영이 마치 땅을 밟고 선 것처럼 자연스럽게 서 있었다.

강민과 유리엘이었다. 유리엘은 잠든 한수아의 안전을 확보한 것과 동시에 한수강과 격전을 벌이고 있는 혈마단원에게 손을 내저었다.

콰가가강!

유리엘의 손짓에 따라 하늘에서 다섯 줄기의 불기둥이 떨어졌다. 불기둥은 엄청난 굉음을 내며 번개가 친 것처럼 순간적으로 나타났다가 곧장 사라졌다.

그리고 그 불기둥이 떨어진 자리에는 다섯 개의 숯덩이만이 회색 연기를 모락모락 피어올리며 덩그렇게 남아 있었다.

순식간에 여섯 명의 혈마단원이 당해버린 것이었다. 하지만 구양풍은 아랑곳 않았다. 어차피 나중에 정식맹도가 될 다섯 명을 제외하곤 다 소모품이라 생각하고 있었기 때문이었다. 아니 정식맹도가 될 그 단원조차 소모품으로 생각할 가능성이 높았다.

그렇게 부하들에게 대한 잠시의 애도도 없이 구양풍은 하늘에 떠있는 강민과 유리엘의 정체를 확인하기 위해서 한참동안 둘을 바라보았다.

하지만 도무지 알 수가 없었다. 너무도 평범한 두 얼굴은 뒤돌아선다면 잊어버릴 것만 같은 얼굴이었다. 그렇게 생각한 순간 구양풍은 깨달을 수 있었다.

'인식장애! 그렇다면….'

강민과 유리엘에게는 인식장애마법이 걸려 있어서 구양풍은 둘의 얼굴은 확인 할 수 없었지만, 상황에 따른 추측은 할 수 있었다.

이 정도 능력자는 흔하지 않았다. 그리고 그 정도 능력자 중에서 갑자기 나타나서 한수강과 한수아를 구할 이유가 있는 능력자는 더 적었다.

당연히 퍼니셔 임을 짐작할 수 있었다.

"퍼니셔! 어… 어떻게 지금은 세부에 있는 것으로 알고 있는데…."

놀라며 외치는 구양풍의 말을 강민이 받았다.

"역시 우리를 감시하고 있었군."

코사무이에서 세부로 옮겨 간지는 얼마 되지 않았다. 하지만 구양풍은 정확하게 강민의 행적을 파악하고 있었다.

출입국 기록을 통해서든 인력을 동원해서든 어떤 방식으로든 강민을 감시하고 있다는 의미였다.

강민의 말에서 퍼니셔임을 추측한 것에서 확신을 하게 된 구양풍은 표정을 굳히며 내뱉듯이 말을 하였다.

"어떻게 이곳의 상황을 알고 온지는 모르겠지만. 넌 후회하게 될 것이야."

"후회? 후회는 가만히 있는 날 건든 네 놈들이 하겠지."

"가만히 있다니? 네 놈이 나섬으로 해서 이능계의 질서가 혼란해 졌지 않는가!"

강민에게 분노하는 듯 말하는 구양풍의 눈 깊은 곳에는 지금 말투와는 달리 얼음과 같이 냉정한 한 줄기 눈빛이 서려있었다.

"내가 나서서 혼란해졌다라… 역시 기득권들의 고정관념에 빠져 있군."

"무슨 고정관념 말이냐!"

구양풍은 그렇게 외치며 자연스럽게 주머니에 손을 넣어 주머니 안에 있는 조그만 장치의 버튼을 눌렀다.

"네 놈들만이 이능세계의 질서를 유지할 수 있다는 고정관념을 말하는 것이지."

강민이 버튼에 대한 언급을 하지 않자 자신의 행동을 알아차리지 못했다고 판단한 구양풍은 한결 밝아진 얼굴로 강민의 말에 대답하였다.

"그것은 당연한 사실이지, 고정관념이 아니다! 감히 위원회를 제외하고 어떤 곳에서 이능세계의 질서를 유지할 수 있다는 말인가!"

아집에 가까운 말이었다. 하지만 구양풍은 그것을 진리라고 믿고 있었다. 아니 구양풍이 아니더라도 많은 이능력자들이 그렇게 생각하고 있었다.

수십년간 위원회의 아래에서 이능세계의 질서가 이루어졌기 때문이었다.

"위원회에서만 이능세계의 질서를 유지할 수 있다는 그 생각은 어디서 나오는 것이지? 단지 무력이 강해서? 그렇다면 그보다 강한 무력을 갖고 있다면 그 자가 이능계를 장악할 수 있다는 것인가?"

이런 저런 이야기가 많겠지만 이능세계는 결국은 강자존의 세계였다. 위원회라는 이름으로 뭉치고 있는 것도 한 집단에서 독존할 수 없기에 같은 테두리로 묶여 있는 것이지, 만일 어느 한 집단의 힘이 나머지 모든 집단을 압도해 버린다면 그 집단에서 단독으로 이능계를 장악할 가능성이 높았다.

"크큭… 그러니까 네 놈의 말은 네가 전 위원회를 합친 것보다 더 강하다는 것이냐? 그래서 위원회를 대신할 수 있다는 것인가? 조금 강하다고 하늘 높은 줄 모르는군."

지금까지의 행적으로 보면 퍼니셔는 분명 강하였다. 하지만 구양풍의 생각에는 독고패가 마음을 먹는다면 그 정도의 일은 충분히 할 수 있을 것이라 생각하였다.

또한 과거 독고패의 발언으로 볼 때 올림포스의 메르딘 역시 독고패 정도의 강자였기에 위원회에서 강민을 제거하려 한다면 충분히 가능 할 것이라 판단하였다.

그것이 구양풍이 가진 안목의 한계였다. 아는 만큼 보이는 것일 진데 구양풍이 볼 수 있는 것은 그 정도였기 때문이었다.

"하늘 높은 줄 모르는 것이 누군지는 시간이 지나면 알게 되겠지."

"허. 네 놈은 네가 강해서 위원회가 너의 눈치를 본다고 생각하는 것인가? 웜홀 탐색기만 없었다면 네 놈은 진즉에 제거되었을 것이야."

구양풍은 무슨 이유인지 지금 강민을 자극하며 대화를 질질 끌고 있었다. 드러내 놓고 하는 행동은 아니었지만 굳이 이야기 하자면 시간을 끌고 있는 것만 같았다.

구양풍이 어떻게 생각하든 지금 그가 강민보다 약한 것은 사실이었다. 마스터인 조혁군이 합세한다 하더라도 강민을 상대할 수 없을 것이라는 점은 분명하였다.

그런 상황에서 시간을 끈다는 것은 일반적으로는 한 가지 이유 밖에 없었다. 바로 지원군을 부르는 것이었다.

옆에서 강민과 구양풍의 대화를 듣고 있던 유리엘이 그 사실을 지적하며 심어를 날렸다.

[계속 우리를 자극하는 발언을 하며 대화를 이어나가는 것이 시간을 끄는 것 같은데, 뭔가 있나보네요.]

[그래, 지금 마나 파장을 보면 뭔가를 감추고 있는 것이 분명한 파장이군.]

[그렇죠? 아까 전 주머니 속에 버튼을 누른 것과 관련이 있는 것 같은데 말이에요. 원군을 부른 것일까요?]

구양풍은 둘이 알아채지 못했다고 생각하고 있었지만 강민과 유리엘은 구양풍이 주머니 속 버튼을 누른 것을 명확하게 알고 있었다.

하지만 그 버튼이 어떤 기능을 하는 것까지는 아직 알 수 없었기에 굳이 언급하지 않았던 것이었다.

[원군이라… 원군이라면 앞뒤가 좀 안 맞는걸?]

앞뒤가 맞지 않다는 말에 유리엘 역시 강민이 한 말의 의도를 곧바로 파악했다.

[그렇네요. 애초에 우리를 능가할 무력이 있다고 생각하는 녀석들이니… 웜홀 탐색기도 해결하지 못한 채 굳이 여기서 원군을 부른다는 것은 앞뒤 맞지 않네요.]

[그렇지? 저들 중에서 반드시 살려야 할 사람이 있지 않고서야 그 문제가 해결되지 않은 마당에서 원군을 부를 리가 없겠지.]

전후사정을 보았을 때 구양풍이 누른 버튼은 원군을 부른 것이 아닌 것 같았다.

원군을 부른다면 그들의 판단에 강민을 반드시 해치울 수 있는 사람을 보낼 것이었다. 하지만 그렇게 강민을 해치운다면 웜홀 탐색기를 잃을 수 있었다.

만일 웜홀 탐색기 문제를 이미 해결했다면 자신들의 무력에 자신이 있는 위원회에서 자신들의 의견에 반대하는 강민을 군이 지금까지 놓아 둘 리가 없었다. 그리고 구양풍의 발언으로 보아서는 아직 웜홀 탐색기를 해결하지 못한 것이 분명하였다.

이런 상황들을 놓고 본다면 저들 중에서 반드시 살려야 할 사람이 있지 않고서야 지금 원군을 부를 리가 없었다.

하지만 유리엘이 파악한 바로는 조혁군이나 구양풍을 비롯한 혈마단원 중에서 반드시 살려야 할 사람은 없어보였다. 그렇다면 그 버튼은 무엇을 부르는 것이었을까?

강민과 유리엘이 심어를 나누는 동안에도 구양풍은 아직도 시간을 끄는 것인지 이런 저런 말들을 내뱉었다.

"어쨌든 웜홀 탐색기만 해결된다면 넌 죽은 목숨일 것이야. 그리고 네 옆에 있는 여자는 마법을 금제 당한 채 여러 위원들에게 진상되겠지. 크큭."

구양풍의 발언은 한계치를 넘었다. 시간을 끄는 것이 무슨 이유인가 싶어서 놓아두고 있었지만 어차피 처리할 대상이었다.

굳이 이런 발언까지 들어주면서 기다릴 이유는 없었다.

"네가 뭘 기다리는지 모르겠지만, 여기까지만 하지."

강민의 발언에 구양풍의 안색이 살짝 변했다. 자극적인 말로 대화를 이어가며 시간을 끌 목적이었기 때문에 대화를 끝내자는 강민의 말에 아쉽다는 표정이 살짝 드러난 것이었다.

하지만 지금까지 대화를 하며 끌어온 시간이 충분했는지 실망하는 기색은 크지 않았다.

이제는 어쩔 수 없다는 표정을 지으며 구양풍은 혈마단에게 손짓을 하며 전투태세를 갖추도록 하였다. 그리고 조혁군에게도 준비하라는 의미의 말을 건넸다.

"조대주님, 검강지경(劍罡之境)이라고 추정되는 인물입니다. 전력을 다하셔야 할 것입니다."

강민과 구양풍이 대화를 나누는 동안 조혁군은 백강호와의 대결에서 소진한 체력과 마나를 어느 정도 회복했는지, 한결 편해진 얼굴로 구양풍에게 대답했다.

"당연히 그래야겠지. 필사의 각오로 전투에 임할 것이오."

조혁군의 대답이 만족스러운지 고개를 끄덕인 구양풍은 혈마단원에게 큰 소리로 말했다.

"각성단을 복용해라! 대신 이번 전투에서 살아남는다면 정식 무림맹도로 받아들일 것이다."

각성단이라는 말에 혈마단원들은 다소 망설이는 것 같았지만 이어지는 구양풍의 말에 거침없이 품속으로 손을 넣어 금박의 환약을 씹어 삼켰다.

정식 무림맹도가 되는 것은 지옥환의 고통에서 벗어 날 수 있는 유일한 길이었고, 뇌옥에서 살아남은 그들의 간절한 희망이기 때문이었다.

그렇게 각성단을 복용한 혈마단원들이 뿜어내는 기세가 심상치 않았다.

각성단의 유효시간이 끝나고 나면 족히 한 달간은 무공을 사용할 수 없을 것이지만 이 순간만큼은 무림맹의 정예 무력단체 못지않았다.

장내에는 혈마단원들이 뿜어내는 흉흉한 기세로 마치 시위를 놓기 직전의 활과 같은 팽팽한 긴장감이 맴돌았다.

구양풍을 비롯한 혈마단원들은 긴장하고 있었지만, 강민이나 유리엘은 너무도 편안한 모습이었다.

이들 정도에 긴장할 이유가 전혀 없었던 것이었다. 일수에 혈마단원들을 지워버리려는 그 때 갑자기 강민의 표정이 바뀌며 의아하다는 듯 한 신음성이 나왔다.

"음?"

갑작스러운 강민의 행동에 유리엘이 의아하다는 듯 물었다.

"왜 그래요, 민?"

"유리, 위성으로 강훈이 상황을 확인해봐."

"강훈이요? 잠시만요."

다짜고짜 위성을 확인하라는 강민의 말에 유리엘은 의아해하면서도 강민의 말을 따랐다. 몇 초도 걸리지 않아 유리엘은 살짝 인상을 찌푸리더니 강민에게 말했다.

"음… 이런. 공격 받고 있는데요? 강훈이는 벌써 빈사지경이군요. 돌아가 봐야겠어요."

"역시 그렇군. 강훈이에게 심어놓은 잔류마나가 활성화되어서 무슨 일인가 싶었더니… 유리, 내가 먼저 가 있을게. 여기 좀 처리해줘."

공간이동 마법을 사용하지 못하는 강민이 어떤 식으로 간다고 하는지 알 수 없었지만, 유리엘은 강민이 무슨 방법을 사용해서 가는 것인지 알겠다는 듯 자연스레 대답하였다.

"네. 어서 가요."

아직 한미애와 강서영이 가진 마법기가 활성화 되지 않은 걸로 보아 현재까지는 둘에게 직접 공격이 들어오지는 않은 것 같았다.

어차피 직접 공격이 들어오더라도 마법기 덕분에 둘의 안전에는 이상이 없겠지만, 문제는 다른 사람들이었다.

강민과 유리엘이 파악한 바로는 최강훈은 지금 간신히 목숨만 붙어 있는 상태였다. 강민의 잔류마나가 없었다면 목숨을 잃었을 가능성이 높았다.

그런 상황이 되지 않고서야 잔류마나가 발동할 일이 없으니 말이었다. 또한 최강훈이 이런 상황이라면 정시아 역시 안전하지는 못할 것이었다.

물론 둘이 죽는다고 해서 강민이나 유리엘이 심적 충격을 받을 일은 없었지만, 강서영이나 한미애는 달랐다.

지인의 죽음은 일반인인 가족들에게는 큰 충격이 될 수 있을 것이기에, 가족들을 위해서라도 그들을 살릴 필요가 있었다.

차라리 강서영이 애초에 마법기의 보호마법을 강제 활성화 했다면 유리엘이 더 빨리 상황을 알아차렸을 것인데 경황이 없어서 그런 것인지 다른 이유가 있는 것인지 그녀는 아직 보호마법을 활성화 하지 않고 있었다.

둘의 대화를 들었는지 의기양양한 모습을 하고 있는 구양풍에게 무겁게 표정을 굳힌 강민이 나지막이 말했다.

"네가 기다린 것이 이것이었나? 이렇게 기만당하는 것은 오랜만이군. 하지만 우릴 과소평가 한 것 같아. 누굴 보냈는지 모르겠지만 저승에서 만나도록 해. 유리, 이 곳 처리하고 그 쪽으로 와. 먼저 가지."

말을 마친 강민의 몸에 은은한 빛이 서리더니 이내 폭발적인 빛이 터져 나오면서 자리에서 사라졌다.

강민이 자리를 비운 모습을 잠시 지켜보던 유리엘이 조용히 혼잣말을 하였다.

"광체화(光體化)까지 사용할 정도면 민이 꽤나 화가 났나보네. 누군지 모르겠지만 잘못 건드렸어."

광체화는 광검(光劍)의 경지가 극에 달하면 사용가능한 수법이었는데 몸 전체를 빛으로 변화시켜서 빛과 같은 움직임으로 이동하고 공격할 수 있는 방법이었다.

과거 다크스타의 제우스가 사용했던 번개화와 겉보기에는 비슷해 보였지만, 광체화는 감히 번개화 정도로 가늠할 수 있는 경지가 아니었다.

번개화는 번개에 극도로 친화력이 높은 제우스가 얻은 초능력의 일종인 이능이였지만, 광체화는 극도로 수련된 무공의 경지에서 얻어지는 산물이었다.

검강지경의 그랜드 마스터보다 훨씬 윗줄에 있는 광검지경에서도 극에 달하여야 사용이 가능한 경지이기 때문에 그랜드 마스터조차 이기지 못하는 제우스의 번개화 따위와 비교할 수는 없었다.

당연히 광검의 경지보다도 몇 단계 더 높은 경지에 있는 강민은 이 광체화의 사용이 어렵지는 않았다. 하지만 소모되는 마나가 만만치 않은 방법이기도 하였다.

일주일 내내 검강을 뿌리는 것보다 잠시 광체화를 사용하는 것이 더 많은 마나를 소모하는 방법이니 그 마나 소모량을 짐작할 수 있었다.

"나도 얼른 정리하고 따라가야겠어."

유리엘은 우선 손을 저어 구양풍의 손아귀로 떨어진 백강호 일행 및 한수강을 잠들어 있는 한수아와 마찬가지로 자신의 뒤로 옮겼다.

구양풍은 자신이 잡아놓은 이유성과 이미 혼절한 백강호가 갑자기 사라져서 놀라 주위를 두리번거렸다.

그러다 이내 유리엘의 뒤에 백강호 일행이 있는 것을 보며 눈살을 찌푸렸다.

'이 년의 마법 수준도 마스터급 이상이라는 말인가….'

일반적으로 이능세계에서 퍼니셔는 한 명으로 알려져 있다. 퍼니셔의 이름으로 행하여진 대부분의 것들은 강민과 유리엘이 같이 한 것이지만, 그런 내막을 아는 사람은 몇 되지 않았다.

대부분의 이능력자들은 퍼니셔를 그랜드 마스터급의 무술가로 알고 있었다. 그래서 가끔 퍼니셔의 행적에서 드러나는 마법들은 마법도구들을 통해서 이루어진 것이라 생각하는 것이 일반적인 이능력자들의 상식이었다.

구양풍 역시 이런 잘못된 상식에서 자유롭지 않았다. 물론 강민이 쓰는 마법은 유리엘이 쓴다는 것은 알고 있었지만, 퍼니셔의 무력은 강민의 무력이고 유리엘은 단지 보조 마법사에 그칠 뿐이라고 생각하고 있었다.

유리엘이 인식장애마법이나 웜홀탐색기 등을 만든 것 또한 파악하고 있었지만, 특이한 마법을 사용하는 마법사 로만 보았지 무력이 강하다고 판단하지는 않았다.

즉, 무력만을 놓고 본다면 유리엘의 무력을 한참이나 낮 추어보고 있던 것이었다.

그런데 지금 사용한 마법들을 보니 자신이 마나유동을 느끼기도 전에 시전되는 것들이 많아 다소 긴장감이 들었 다.

'그러고 보니 조금 전에 강민이 이동할 때도 마법사 고 유의 마나유동이 나타나지 않았군. 만만히 볼 상대가 아닌 데?'

구양풍은 강민이 광체화를 통해서 이동한 것도 유리엘 의 마법으로 오해하고 있었다. 무공으로 그런 것이 가능하 다고는 생각조차 하지 못하였기 때문이었다.

'마법사를 상대하는 줄 알았으면 미리 마나실드 주문서 를 가져오는 건데 아쉽게 되었군.'

그들이 사용할 마나실드는 유리엘에게는 종잇장만도 못 한 방어주문이었지만 그것을 알 리가 없는 구양풍은 주문 서를 챙기지 못함을 아쉬워하며 공격명령을 내렸다.

"공격하라!"

구양풍의 명령에 따라 살아남은 혈마단원들은 자리를 박차고 달려 나갔다. 각성단의 영향인지 이미 죽은 혈마단원들보다 월등히 앞선 속도였다.

주변의 나무를 밟으며 허공으로 뛰어오른 혈마단원들은 그리 높지 않은 공중에 떠 있는 유리엘에게 각자의 기합성을 내뱉으며 검격을 펼쳐나갔다.

"하얏!"

"합!"

하지만 그들의 검격은 유리엘에게 닿지 조차 못하였다. 검격이 닿기도 전에 유리엘의 손이 저어졌기 때문이었다.

파지지지직!

이번에는 뇌전이었다. 유리엘의 손짓에 따라 나타난 뇌전은 체인라이트닝 마법과도 흡사해 보였는데 사방팔방으로 뿌려지는 뇌전이 혈마단원들이 자리하고 있는 범위 전체를 뒤덮어 버렸다.

"으악!"

"으아아아악!"

"크아악!"

비명소리와 함께 대부분의 혈마단원들은 숯덩이로 변해버리고 말았다. 상대적으로 수준이 높던 조장급 혈마단원 몇몇은 그래도 각성단을 통해 일시적으로 마나 집중도가

230 現世 6
歸還錄

높아졌는지 뇌전에도 다소 버티는 것 같았으나 시간 차이였다.

약간의 시간이 지나자 버티지 못하고 모두 숯덩이가 되어 버렸다. 결국 남은 사람은 구양풍과 조혁군 뿐이었다.

구양풍도 간신히 버틴 것이어서 조금만 더 뇌전이 이어졌다면 결과를 장담할 수 없을 것이라는 생각에 내심 한숨을 쉬었다.

'내가 잘못 생각했어. 이 자의 마법 실력도 마스터급을 훌쩍 뛰어넘는다!'

당연한 판단이었지만 그 당연한 판단을 내리는 것이 너무 늦었다. 유리엘의 어려보이는 외모 역시 그녀의 유리엘의 마법을 과소평가하는데 한몫을 하였는데, 후회라는 것은 아무리 빨리해도 이미 늦은 것이었다.

이제 남은 희망은 권왕 조혁군 뿐이었다. 조금 전의 마법을 자신과 조혁군이 버텨낸 것으로 보아 유리엘은 보통 S급이라 불리는 7서클은 넘어선 것 같지만 아직 8서클은 되지 않았을 것이라 구양풍은 판단했다.

그리고 보통 마스터라 불리는 검기지경과 7서클 마법사는 비슷한 경지로 평가 받기에 구양풍은 조혁군이라면 해볼만 할 것이라 생각했다.

"조대주님! 어떻습니까? 상대하실 수 있겠습니까?"

상대적으로 뇌전마법에서 피해가 적었던 조혁군은 잠깐 마나를 돌려 몸상태를 점검하더니 구양풍에게 대답했다.

"이 정도 마법이라면 할 만하겠소. 내 저년을 산채로 잡아 맹주님께 진상할테니 기대하시오!"

드러내 놓고 말하지는 못했지만 조혁군은 유리엘의 미모에 흑심을 품고 있었다. 그래서 맹주에게 바친다는 말로써 그녀를 생포하는 것을 합리화하여 자신의 음심을 채울 생각을 하고 있었다.

그런 눈빛을 한 두번 받아본 것이 아닌 유리엘은 당연히 조혁군의 음심을 파악할 수 있었다.

"참 구린내 나는 놈이군. 네 놈은 특별 대접을 해줄게. 카알라둠!"

오랜만에 발하는 그녀의 시동어였다. 오른손으로 조혁군을 가리키며 시동어를 외쳤기에 조혁군은 황급히 그녀가 가리키는 곳을 훌쩍 뛰어 피했다.

하지만 그녀가 가리키는 곳에서는 아무런 마나반응이 없었다. 마나 유동이 일어난 곳은 조혁군의 몸이었다.

"으음."

일단 뒤로 물러선 조혁군은 갑자기 온 몸이 간지럽다는 느낌이 들었다. 그러나 전투 중에 있었기에 몸을 긁지는 않고 있었는데, 점점 더 그 가려움은 증폭되어갔다.

이내 몸을 긁지 않고서는 견딜 수가 없을 정도까지 가려움은 커졌는데, 마스터의 초인적인 의지력을 볼 때 일반인이라면 이미 온 몸을 피가 나도록 긁었을 가려움이었다.

"으윽. 윽… 으으윽…."

약간의 시간이 지나자 이제는 가려움이라기보다는 통증이 생기기 시작하였다. 처음에는 가려움이 가시고 통증으로 변해서 잠시나마 시원하다는 생각이 들었는데 그 통증역시 진폭을 키우면서 기하급수적으로 커져갔다.

그리고 이 통증이 끝이 아니었다. 통증이 극에 달하면서 조혁군의 손발 끝이 붕괴되기 시작했던 것이었다.

발은 신발 속에 있어 밖으로 보이지는 않았지만 손은 손톱의 끝 부분부터 붕괴되어 먼지로 변하고 있었다.

"으아아악! 으악!"

몸이 붕괴되는 고통은 그가 지금껏 겪어왔던 어떤 고통보다도 고통스러운 것이었다. 이 고통은 초인적인 수련을 이겨낸 마스터도 버티기 힘든 것인지 조혁군은 엄청난 비명을 질러대기 시작했다.

"으아아아악! 구… 구양풍! 으아아악!"

한참을 비명을 지르며 조혁군은 간신히 옆에 있는 구양풍을 불렀지만 너무 큰 고통 속에 있는지라 채 말을 끝내지도 못하고 또다시 비명 속에 바닥을 굴러댔다.

고통에 몸부림치는 조혁군을 바라보는 구양풍의 표정은 경악으로 가득 차 있었다. 검기지경의 마스터를 손가락 한 번 움직이는 것으로 이런 상태로 만들어버리는 유리엘의 마법에 공포를 느끼고 있는 것이었다.

그러는 동안 조혁군의 붕괴는 점점 더 진행되었다. 손과 발을 시작으로 지금은 팔뚝과 종아리까지 진행되었다. 그리고 그에 따라 조혁군의 고통은 더 커져갔다.

"아악! 악! 나… 나를 죽여줘! 아아악! 어서! 으아악!"

조혁군이 조금 전 하고 싶은 말은 그것이었다. 너무 큰 고통을 피하기 위해서 자신을 죽여죽길 바라고 있는 것이었다.

그제야 구양풍은 조혁군이 원하는 것을 알아채고 검을 뽑아 조혁군의 숨통을 끊어주려 하였다.

하지만 그 뜻은 이룰 수 없었다. 유리엘의 말이 들려오면서 그의 숨통이 먼저 끊어졌기 때문이었다.

"넌 그래도 삐뚤어졌지만 근본적으로 충성심이 있는 녀석이니 한 번에 보내주지."

콰앙!

폭음과 함께 구양풍은 직경 2미터 정도의 구덩이를 남기고 사라져버렸다. 다른 혈마단원들과는 달리 시체마저 사라진 것이었다. 단주를 포함한 혈마단 전체의 최후였다.

보이지 않는 곳에서 무림맹의 해결사 노릇을 하던 혈마

단은 이렇게 제대로 된 시체조차 남기지 못하고 사라졌다.

　이 혈마단원들은 분명 불쌍한 인생들이었지만 지금도 몸뚱이만 남긴 채 바닥에서 꿈틀거리는 조혁군에 비하면 그들의 최후는 행복했다고 할 수 있었다.

　약간의 시간이 지나자 머리통만 남았는데도 죽지 않고 꺽꺽거리는 비명을 지르던 조혁군 역시 먼지로 변해서 혈마단이 간 길을 따라갔다.

7장. 응징

NEO MODERN FANTASY STORY & ADVENTURE

현세귀환록

現世
歸還錄

NEO MODERN FANTASY STORY & ADVENTURE

7장. 응징

"어서 뚫어라!"

짙은 송충이 눈썹과 부리부리한 호랑이 눈을 한 독고패가 거친 말투로 자신의 옆에 있는 마법사 복장의 50대 동양인에게 외쳤다.

"그… 그게…."

"왜! 뭐가 문제인 것이야? 마장(魔將) 너도 마스터급이라는 7서클 마법사이지 않는가? 저 정도 방어 마법쯤은 파훼할 수 있어야지!"

지금 독고패 일행의 앞에는 직경 5미터 정도 되는 반원형의 짙은 회색 구체가 놓여있었다. 바로 엘리아가 펼친 방어 결계였다.

독고패의 거친 질책에 마장이라 불린 중년인은 쩔쩔매며 그에게 대답했다.

"이… 이 마법은 현재까지 알려진 방식의 마법이 아닙니다. 그래서 시간이…."

독고패의 급한 성정은 우물쭈물 대며 마장의 대답을 기다릴 수 없었다. 그는 다시금 화를 내며 마장의 말을 끊고 되물었다.

"그래서! 얼마나 걸린 다는 것이냐!"

"그… 그게… 지금 당장 파훼하기는 힘들 것…."

"뭐라?"

독고패가 못마땅하다는 표정으로 짙은 눈썹을 하늘로 치켜 올리자 마장은 서둘러 자신의 말을 이었다.

"하지만, 저… 저 정도의 마법을 오래 유지하기는 힘들 것입니다. 디멘션 게이트의 방식으로 허차원을 열어 결계를 펼친 것 같은데 장기간 펼친다면 차원 유리의 문제도 있어서…."

"마법 이론 따위를 듣고자 하는 것이 아니지 않느냐!"

독고패의 고함에 움찔하면서 마장은 더 빠르게 말을 하였다.

"어쨌든 그리 오래 버틸 결계가 아니고 만일 외부에서 공격을 가한다면 저 결계는 더 빨리 풀릴 수도 있을 것입니다."

이번의 대답은 독고패의 마음에 들었는지 올라갔던 눈썹을 다시 내리며 마장에게 질문을 던졌다.

"하지만 아까 전에 강기로 공격 했는데도 결계를 없애지 못했지 않느냐?"

엘리아가 마법을 펼친 직후 독고패는 권강(拳罡)으로 결계를 직격하였었다. 하지만 자신의 강기는 마치 결계에 흡수되기나 한 듯이 사라져버렸기에 지금의 질문을 던지는 것이었다.

"그… 그랬지요. 허… 허차원은 무한한 공간이지만 저년이 열수 있는 공간은 제한되어 있을 것입니다. 그 제한된 공간에서 허용할 수 있는 마나 한도가 다 찬다면 저 결계는 흩어져버릴 것입니다. 극히 비효율적인 방법이긴 하지만 분명 결계 유지 시간을 줄일 수는 있을 것입니다."

"그렇군."

마장의 대답을 들은 독고패는 고개를 돌려 뒤에서 대기하고 있는 3명의 수하에게 명령을 내렸다. 한국으로 파견 나간 권왕 조혁군을 제외한 나머지 사천왕들이었다.

"너희들도 들었지? 전력을 다해 공격해서 어서 저 결계를 파훼하라!"

"네!"

"알겠습니다. 맹주님."

"그렇게 하지요."

조혁군이 그렇듯 나머지 사천왕 역시 검기지경의 마스터였다. 특히 마지막에 대답한 검왕 남궁백은 사천왕 중에서도 가장 강한 자로서 검강지경을 엿보고 있는 강자였다.

아직까지는 검강을 얻지 못했지만 사천왕 중에서, 아니 무림맹을 통틀어 검강지경에 가장 근접한 마스터였다.

그렇기에 이들의 공격이 범상치 않을 것이라는 것은 자명한 사실이었다.

독고패의 명령에 검왕, 도왕 그리고 장왕은 자신들이 할 수 있는 매서운 공격을 반구형의 방어 결계에 가하기 시작하였다.

샤아악! 파앙! 휘이익!

날카로운 검기(劍氣)와 묵직한 장풍(掌風), 이글거리는 도기(刀氣)들이 엘리아가 펼쳐놓은 방어 결계에 쏟아졌다.

그러나 독고패가 뿌린 강기마저 흡수시킨 방어 결계이다 보니 이들의 공격 역시 결계에 타격을 주지 못하고 사라져버렸다.

하지만 마장의 말에 따르면 사라졌다고 해서 아무런 피해를 주지 못한 것은 아니었다. 조금 더 공격한다면 오래

지 않아 결계를 파훼할 수 있을 것이었다.

세 명의 사천왕들이 적극적으로 결계에 공격을 퍼붓는 사이 흰머리에 흰수염을 하고 있는 노인이 독고패에게 다가왔다.

노인은 중국식 장포(長袍)에 금빛 용머리가 양각되어 있는 비녀로 윤기나는 흰머리를 깔끔하게 고정시켜 놓았는데 청수해 보이는 모습이 마치 신선과도 같은 풍모를 보였다.

그렇게 독고패의 옆에 선 신선풍의 노인은 탐스러운 흰수염을 쓰다듬으며 독고패에게 말을 건넸다.

"맹주, 계획에 차질은 없겠소? 이럴 줄 알았으면 나만 나설 것이 아니라 원로원의 엉덩이 무거운 늙은이들도 같이 데려오는 것인데 말이오."

"하하하. 아닙니다, 원주님. 저희만으로도 충분합니다. 이렇게 원주님께서 나서주신 것만으로도 천군만마(千軍萬馬)를 얻은 것과 진배없지요. 허허허."

독고패와 이야기를 나누는 노인은 원로원주 하극도였다. 그리고 하극도는 전대 무림맹주이기도 하였다.

독고패는 하극도를 대함에 있어서 무척이나 조심스러웠는데, 전대 맹주여서 그런 것도 있었지만 그 무공 역시 독고패가 완벽한 승리를 자신할 수 없을 만큼 고강한 수준이었기 때문이었다.

자신의 무력에 절대적인 자신감을 보이는 독고패로서는 다소 의외의 모습이었다. 하지만 독고패의 나이가 60대인 것에 반해 하극도는 이미 한 세기를 넘게 살아온, 즉 100살이 넘는 나이였기에 세월의 흐름에 따라 깊어지는 무공을 무시할 수는 없었다.

물론 그렇다고 하더라도 생사결을 펼치면 자신이 이길 수 있을 것이라 독고패는 자신하고 있었다.

어쨌든 하극도와 원로원은 은퇴 이후 무림맹의 행사에 전혀 나서지 않고 있었는데, 이번 일은 우연치 않게 독고패와 마주친 하극도가 그를 따라 나서서 이루어진 일이었다.

괜한 너스레를 떠는 독고패의 말에 하극도는 고개를 끄덕이며 말을 이었다.

"그럼, 여기까지 왔는데 밥값은 해야겠지. 잠시 사천왕을 물려주시오."

"굳이 원주님까지 나설 필요는 없으신데…."

"아니오. 맹주의 계획대로라면 그 퍼니셔라는 자가 오기 전에 그 자의 가족들을 확보해야지 제대로 된 협상을 할 수 있지 않겠소? 같이 있는 여마법사가 순간이동 마법도 곧잘 한다고 하니 어서 가족을 잡아야겠지요."

"그렇다면 저도 같이…."

"허허. 맹주는 나중에 웜홀 탐색기를 받고나면 그 놈을 상대해야지요. 나름 검강지경의 고수라고 하던데 힘을 아끼시오."

독고패는 하극도의 말에 어쩔 수 없다는 듯이 사천왕을 불러 자리를 비키게 하였다. 하극도와 방어 결계 사이에 방해할 것이 모두 사라지자 그는 허리춤의 검을 자연스럽게 뽑아들면서 천천히 결계로 걸어갔다.

지이잉~~

하극도의 손에 들린 검에 맑고 영롱한 빛을 뿌리는 푸른 빛의 기둥의 덧씌워졌다. 검강이었다.

하극도의 검강은 마치 푸른빛의 자수정과도 같은 아름다운 광채를 뿌렸다.

하지만 그 아름다움 속에 담긴 강대하고 광포한 힘은 작은 산을 가를 수 있을 만큼 강대한 것이었다.

결계 앞에 선 하극도는 마치 검무(劍舞)를 추듯이 검강이 서린 검을 흐느적거리면서 휘둘러대었다.

처음에는 사천왕의 공격 때와 마찬가지로 결계는 모든 공격을 다 흡수하였는데, 얼마 지나지 않아서 결계의 짙은 회색이 서서히 옅어지기 시작하였다.

그 모습을 보던 마장은 반색하여 독고패에게 외쳤다.

"맹주님! 보십시오! 결계가 옅어지고 있습니다!"

"나도 눈이 있어. 호들갑 떨지 말고 결계가 깨어지면 퍼니셔의 가족들을 신속히 확보해!"

현세귀환록 245

"네, 맹주님!"

마장에게 말을 걸면서도 독고패의 시선은 하극도의 검무에 집중이 되어 있었다.

'썩어도 준치라더니 은퇴한지가 꽤나 지났는데 무공에 대한 열정은 여전한가보군. 힘대 힘으로 대결하면 충분히 내가 이길 수 있겠지만, 무리(武理)만으로 따지면 특정부분에서는 저 영감이 더 높다 할 수 있겠는 걸?'

검강지경의 독고패의 시선에도 하극도의 몇몇 움직임은 불가해(不可解)한 부분이 있었다. 자신보다 낮은 경지의 움직임을 놓칠 리가 없으니, 모든 부분이라 할 수는 없겠지만 일부분에서는 하극도가 독고패보다 낫다 할 수 있을 것이었다.

독고패가 자신을 집중해서 지켜보는 것을 아는지 모르는지 하극도는 검무에만 집중하였다. 그렇게 하극도의 공격이 이어지면서 엘리아의 결계는 회색빛을 거의 다 잃어버리고 결국 결계 내부의 모습을 드러내었다.

아직 완전히 파훼된 것은 아니었지만 파훼되는 것은 시간문제인 것 같았다. 반투명해진 결계 안에는 총 다섯 명의 사람이 있었다. 당연히 강민의 가족과 일행들이었다.

결계 안의 모습은 처참하다고 할 수 있었다. 먼저 최강훈과 정시아는 이미 정신을 잃은 채 바닥에 쓰러져 있었는데, 둘 다 전신에 성한 구석이 없었다.

최강훈은 오른팔과 왼다리가 기형적으로 꺾여 있었고, 단전 부분이 시커멓게 변해 무공을 잃을 수도 있는 치명상을 입었음을 알 수 있게 하였다.

정시아 역시 마치 교통사고를 당한 듯 온 몸이 상처투성이였는데, 숨 쉬는 것조차 힘든지 숨을 쉴 때마다 몸을 움찔움찔 거렸다. 둘 다 살아있는 것이 용한 상태라 할 수 있었다.

유일하게 정신을 차리고 있는 엘리아는 결계의 가운데에서 가부좌를 틀고 앉아있었는데 처참한 모습은 비슷하였다.

입에서 선혈을 토해냈는지 입가를 비롯한 가슴팍 등의 그녀의 전면이 자신이 토해낸 피로 붉게 얼룩져 있었다. 그 토해낸 피에 그녀의 하얀 블라우스가 피로 물들어 지금은 숫제 검붉은 블라우스를 입은 것처럼 보이기도 하였다.

이미 한계에 도달하여 흩어지려는 결계를 무리해서 붙잡고 있는 것인지 지금도 하극도의 검무가 결계를 공격할 때마다 엘리아는 입에서 울컥울컥 선혈을 토해내고 있었다.

그나마 멀쩡한 것은 한미애와 강서영이었다. 둘은 편안한 표정으로 잠들어 있었는데 표정으로 보아하니 지금 주변 상황을 미처 알기도 전에 잠이 든 것 같아 보였다.

결계 안의 상황이 보이면서 하극도 역시 엘리아의 결계가 한계에 다다랐다는 것을 알 수 있었다. 그래서 지금까지의 부드럽고 여유롭던 검무에서 기세를 바꾸어 자신의 검에 담기 시작했다.

지금까지는 마치 푸른 빛 수정처럼 투명하던 하극도의 검강이 기가 집중되면서 불투명한 파란 유리처럼 번들거리기 시작했다.

그렇게 어느 정도 기가 모인 것 같자, 하극도는 별다른 식(式)도 없이 검강으로 엘리아의 결계를 직격하였다.

콰~~앙!

하극도의 검격이 떨어짐과 동시에 결계 안의 엘리아는 울컥울컥 피를 토해내는 그 전까지와는 마치 피분수를 뿜어내듯 전면으로 피를 토해내더니 의식을 잃고 앞으로 털썩 쓰러졌다. 엘리아가 쓰러지면서 당연히 결계도 사라졌다.

그 모습에 자신이 할 일을 마쳤다는 듯 만족스러운 표정을 짓던 하극도가 뒤를 돌아 독고패를 보고 입을 열었다.

"맹주. 이제 이 자들을 잡으…"

말을 하던 하극도가 갑작스럽게 든 이상한 느낌에 말을 마치치도 않은 채 기이한 표정을 지었다. 마치 무언가가

온 몸을 휩쓸고 지나간 듯 한 느낌이었다.

온 몸을 통과한 이상한 느낌이 무언지 몰라 무심코 왼손을 펴서 확인하려는데 그 순간 하극도의 왼손이 모래처럼 흘러내렸다.

그리고 그렇게 흘러내리는 것은 왼 손 뿐만이 아니었다. 하극도의 몸 전체가 천천히 모래처럼 흘러내리기 시작하였다.

"어… 어…."

한 세기를 넘게 살아와서 많은 경험을 했다지만 이런 경험은 처음이었다. 하긴 자신의 몸이 모래처럼 흘러내리는 그런 느낌은 한 세기가 아니라 두 세기를 산다고 해도 느낄 수 있는 종류의 경험은 아니었다.

그런 특이한 경험을 지금 하극도는 하고 있었다. 그리고 그것이 그의 마지막이었다.

하극도는 얼마 되지 않는 모래와 같은 흔적만을 남긴 채 세상에서 사라져 버렸다. 그리고 잠시 후 그 모래조차 불어오는 바람에 모두 흩날려 사라져 버렸다.

하극도가 세상에서 지워진 그 자리 뒤에는 갑자기 나타난 한 사람의 뒷모습이 보였다. 마치 순간이동처럼 갑자기 나타난 사람이었다. 한국에서 날아온 강민이었다.

굳은 표정으로 천천히 뒤로 돌아선 강민은 경악스러운 상황에 입도 다물지 못하는 독고패를 바라보며 나지막이 말을 건넸다.

"이제 대가를 치를 시간이야."

독고패에게 냉정한 한마디를 던진 강민은 우선 최강훈, 정시아 및 엘리아를 향해 가볍게 손을 저었다.

치명적인 내상 및 외상으로 기식이 엄엄한 일행들을 살리기 위한 치유의 손길이었다. 유리엘처럼 완벽한 치유가 되도록 할 수는 없었지만 강민 역시 웬만한 치명상은 경상 정도로 완화시킬 수 있는 능력을 갖고 있었다.

지금 강민이 사용하는 방법은 크게 보면 추궁과혈의 일종이라고 할 수 있는 방법이었다. 내공의 고수들이 자신의 기로서 환자의 기를 적당히 자극하고 안정시켜 치유를 하는 것처럼, 강민의 마나 역시 그들의 몸을 돌면서 들끓고 있는 그들의 마나를 안정시키고 상태를 회복시킬 것이었다.

강민이 마나를 보낸지 얼마 지나지도 않았지만, 강민의 마나가 벌써 제 역할을 하는지 최강훈과 정시아, 엘리아의 안색은 빠르게 안정되어갔다.

아직 의식을 찾지는 못했지만 안색으로 보아 심각한 상황은 벗어난 것처럼 보였다.

이제 일행 모두의 안전을 확보한 지금, 강민에게 남은 것은 적에 대한 응징뿐이었다.

조금 전 하극도의 경우에는 광체화로 직격해버려서 아

무런 고통도 없이 그냥 부스러져 갔지만 여기 남아있는 독고패와 그 일행은 달랐다. 강민의 분노를 정면으로 받아야 할 것이었다.

강민의 냉엄한 눈초리를 받고 있는 독고패 일행은 아직까지 경악과 당황 속에서 헤어 나오지 못하고 있었다.

그도 그럴 것이 하극도의 죽음이 너무도 비현실적으로 보였기 때문이었다. 하극도는 전대맹주로 무림맹에서도 독고패와 비등한 수준의 강자였는데 조금 전의 죽음은 그런 강자의 죽음치고는 너무도 허무하였다.

그래서 지금도 하극도가 죽은 것이 아니라 환술(幻術)을 사용해서 몸을 피한 것이 아닌가 하는 생각마저 들 정도였다.

그나마 맹주인 독고패는 재빠르게 상황 판단을 하고 있었다.

'퍼니셔의 무력이 애초에 예상했던 무력 수준을 훨씬 능가하는군… 하극도 원로원주가 한 방에 저렇게 될 정도라면 나도 감당하기 힘들겠는데… 그렇다면….'

힘대 힘으로 붙으며 하극도를 이길 확률이 팔할 이상이라 스스로 생각하는 독고패였지만, 자신이 압도적으로 승리할 것이라는 생각은 하지 않았다. 말 그대로 종이 한 두 장 차이의 격차였다.

물론 그 격차도 무시할 수 있는 수준이 아니기에 자신의 승리를 확신하지만, 이할 정도의 패배를 염두에 두고 있다는 것 자체가 하극도와 독고패 자신의 실력이 그리 차이나지 않는다고 생각하고 있는 반증일 것이었다.

어느 정도 생각을 정리한 독고패는 자신의 뒤에 있는 사천왕에게 심어(心語)를 날렸다. 단순 전음은 저 정도 강자라면 충분히 엿들을 수 있을 것이기에 굳이 전음을 이용하지 않고 심어를 사용한 것이었다.

[대답을 하지 말고 듣기만 하라. 일단 내가 저자와 대화를 하며 시간을 끌겠다. 그 사이에 어떤 식으로든지 저 놈의 뒤쪽에 있는 가족들을 확보하라! 그들만 인질로 삼을 수 있다면 애초에 우리가 원하는 것을 다 얻어낼 수 있을 것이야. 필요하다면 수라격노(修羅激怒)를 펼쳐서라도 저 놈을 잠시나마 묶어 둘테니 그 순간을 노려라!]

대답은 없었지만 독고패의 전음을 들은 사천왕들의 기파가 안정되기 시작했다. 하극도의 비현실적인 죽음 이후 사천왕들도 이 상황을 어떻게 헤쳐나가야 할지 당황해하고 있었는데 독고패가 방향을 지시해 준 것이었다.

독고패가 말하는 수라격노는 일종의 격혈공으로 자신의 전 내공을 태워 잠시간의 폭발적인 힘을 얻는 방식의 무공이었다. 독고패와 같은 검강지경의 강자가 사용한다면 그야말로 미증유(未曾有)의 거력을 보여줄 수 있을 것이었다.

그렇게 머리를 굴리고 있는 독고패와 그 일행들에게 강민은 가볍게 한마디를 던졌다.

"그렇게 이리저리 머리 굴릴 것 없어. 네 놈들의 운명은 정해져 있으니까."

강민의 도발적인 말에도 독고패는 섣불리 대응하지 않았다. 다만 짙은 눈썹을 한 번 꿈틀거림으로서 불편한 심기를 표현하더니 천천히 입을 열었다.

"한국에 있던 네 놈이 어떻게 이곳까지 날아온 것이냐? 그리고 원로원주를 그렇게 만든 것은 마법이냐 무공이냐?"

독고패의 질문은 강민의 대답을 바라고 던진 질문은 아니었다. 물론 독고패에게 최선은 강민이 친절히 대답을 해주는 것이었지만, 대답이 아니라 답변에 대한 거부 의사만 밝혀도 이런 저런 이야기로 시간을 끌 속셈이었다.

하지만 강민의 대답은 전혀 예상치 못한 것이었다.

"굳이 시간 끌려고 그래도 소용없다. 오늘은 네 놈들의 그 헛짓거리에 호응해 주고 싶은 마음이 없으니 말이야."

"뭐? 무슨 말이냐!"

강민은 두 번 말하지 않았다. 말 대신 가볍게 오른손을 하늘로 들어 올렸다.

"아까와 같이 쉽게 보내주진 않을테니 재주껏 살아남아 봐."

"무슨 소…리…."

독고패는 다시금 말꼬리를 잡으려 하였지만 자신과 사천왕의 하늘 위에 엄청난 마나 유동에 말을 마치지도 못하고 하늘을 바라보았다.

하늘에는 수천 개의 반투명한 검이 마치 허공에 고정된 것처럼 나타나 있었다. 유형화 되어 나타난 검강이었다.

마법과도 같이 나타난 수천개의 검강은 강민의 손이 수직으로 내리그어짐과 동시에 마치 수천 명이 동시에 화살을 쏘는 것처럼 바닥을 향해 떨어졌다.

쾅쾅쾅쾅쾅쾅쾅!

수천 개의 검강이 떨어지는 것은 전폭기 수백대의 융단폭격과도 같은 모습이었다. 실제로 전쟁이 벌어진 것인양 엄청난 굉음이 한동안 넓은 백사장에 울려 퍼졌다.

한참 동안 울리던 폭음이 그쳤을 때에는 검강 때문에 발생한 먼지구름 덕분에 바로 앞에 있는 사람도 알아보기 힘들 정도로 시야가 가려졌다.

하지만 모두가 마스터 이상의 경지에 올라와 있었기에 이런 먼지구름에 시야를 제한 받을 사람은 아무도 없었다.

뭉게뭉게 피어오른 황토빛의 먼지구름 속에서 강민이 다시 손을 내저었다.

마치 풍계마법이라도 사용한 것처럼 강민의 손짓에 따라 먼지구름은 흩어져 사방으로 날아가 버렸고, 그렇게 먼지구름이 걷힌 백사장에는 독고패와 사천왕, 그리고 시체로 추정되는 고기덩어리 하나의 모습이 보였다.

검강지경에 있는 독고패는 경미한 생채기를 제외하고는 큰 상처없이 양호한 모습이었는데 나머지 부하들의 모습은 처참하기 그지없었다.

전신에 상처를 입은 채 왼팔이 사라진 상태인 검왕 남궁백이 그 중 가장 나은 상황이었다.

그를 제외한 사천왕 중 도왕은 사지가 꿰뚫려서 말 그대로 목숨만 실낱 같이 간신히 잇고 있었는데 얼마 버티지 못할 것 같았다.

그리고 장왕은 이미 온 몸이 검강에 관통당하여 마치 고깃덩이처럼 다져져 벌써 목숨이 끊어진 상태였다. 이 장왕의 시신은 너무도 처참하여 지금 모습만 본다면 생전에 누구였는지 확인조차 할 수 없는 상황이었다.

하지만 나머지 한명에 비하면 이 장왕조차 낫다고 할 수 있었다. 적어도 장왕은 시신이라는 것은 알아볼 수 있었기 때문이었다.

마장으로 추정되는 마지막 한 구의 시체는 전신이 박살

나고 흩어져버려서 다 끌어 모아서 한구의 시체로 만들기조차 힘든 상황이었다.

한 번의 공격에 마스터급 세 명이 전투불능이 되어버렸다. 두 명은 죽었고 다른 한 명도 곧 죽음을 맞이할 것이니 전투불능이라기 보다는 죽었다는 표현이 더 정확할 것이었다.

더 이상 시간을 끄는 것은 무의미하다고 판단한 독고패는 빠르게 남궁백에게 심어를 보냈다.

[검왕! 내 지금 바로 수라격노를 사용 할테니 너도 잠력을 격발해서라도 퍼니셔의 가족을 반드시 잡아라! 그것만이 우리의 살 길이야. 우리가 저 놈을 과소평가했어. 전 위원회가 힘을 합쳐서 잡아야 했었는데… 어쨌든 내가 수라격노를 쓰는 동시에 너도 바로 행동에 들어가라!]

심어를 마친 독고패는 강민이 추가 공격을 하기 전에 재빨리 기맥의 흐름을 바꾸어 수라격노의 식으로 기를 운용하기 시작했다.

수라격노가 운용되며 독고패의 전신은 터질 것처럼 붉게 물들기 시작했다. 수라격노가 독고패의 전신에 운용되는 시간은 몇 초도 채 걸리지 않았다.

온 몸이 붉게 변한 독고패는 별다른 말도 없이 자신의 솥뚜껑만한 손에 엄청난 양의 강기를 드리우고 강민에게 공격을 가하기 위해 바닥을 미끌어지듯 스치며 경공을 펼치기 시작했다.

독고패의 독문무공은 수라파천장(修羅破天掌)이었다.
수라파천장은 정교한 식(式)보다는 강대한 힘의 무공이었
는데 수라격노까지 사용한 독고패의 수라파천장은 평소보
다도 몇 배나 되는 엄청난 경력을 품고 있었다.

강민의 공격을 염두해 두었는지 갈 지(之)자로 재빠르게
움직이며 강민에게 접근한 독고패는 수라파천장 중 수라
참격(修羅斬擊)의 식으로 한꺼번에 강민의 머리와 옆구리
를 공격해나갔다.

그런 독고패의 모습을 가소롭게 바라보던 강민의 그의
마지막 공격을 가만히 서서 받아주었다.

콰앙!

독고패의 공격은 엄청난 힘을 머금고 있었지만 당연히
강민에게는 통하지 않았다. 하지만 독고패가 노리는 것은
그것이 아니었다. 독고패는 남궁백에게 시간을 벌어주기
위해서 강민을 공격한 것이었다.

아니나 다를까 강민을 공격하는 듯한 모습으로 독고패
를 뒤따른 남궁백은 독고패의 공격을 강민이 막아내자, 후
속타를 넣는 것 대신에 강민을 빠르게 지나쳐 갔다. 아까
전 심어로 이야기한 것처럼 강민의 가족을 노리는 것이었
다.

그런 남궁백의 뒷모습을 본 독고패는 회심의 미소를 지

으며 수라금나(修羅擒拿)의 수법으로 강민의 팔을 봉쇄하려 하였다. 오래동안 붙잡고 있을 수는 없겠지만 남궁백이 강민의 가족들을 생포하는 잠시간만이라도 잡을 수 있다면 자신에게도 승산이 있을 것이라는 판단을 내리며 독고패는 신속히 금나수법을 펼쳤다.

하지만 수라금나를 사용하는 독고패의 눈에 비웃는 듯한 강민의 표정이 잡혔다. 분명 긴급하고 당황해야 하는 상황이었지만, 강민의 눈은 차가웠고 입꼬리는 웃는 듯하여 자신을 비웃고 있는 것만 같았다. 독고패의 뇌리에는 무언가 잘못되었다는 생각이 들었다.

"으아아아악!"

그 생각이 맞았음을 증명이나 하는 듯 강민의 가족들을 노리고 뛰어간 남궁백의 처절한 비명소리가 들려왔다.

독고패의 눈에 들어온 남궁백은 강민의 가족을 5미터 정도 앞에 둔 상태에서 학질에 걸린 것처럼 벌벌 떨며 비명을 질러대고 있었다.

마치 거미줄에 걸린 나비처럼 앞으로 나아가지도 뒤로 피하지도 못하면서 한동안 모골이 송연해 질 정도의 비명을 질러대더니 바닥으로 털썩 쓰러졌다.

남궁백은 단순히 몸만 쓰러진 것이 아니었다. 그대로 목숨을 잃은 것이었다.

독고패의 상식으로는 조금 전 상황이 도무지 이해가 가

지 않아, 자신이 공격하려했다는 것도 잊은 채 독고패는 더듬거리며 강민에게 물었다.

"어… 어떻게… 마… 마법이 펼쳐진 것도 아니었는데…."

독고패의 덜덜 떠는 모습에 어느 정도 기분이 나아졌는지 강민은 이번의 질문에는 대답을 해주었다.

"마법만이 이런 것을 가능하게 하는 것은 아니지. 무공이 경지에 오르면 이런 것도 충분히 가능하지."

강민은 쉽게 말하였지만 이는 결코 쉬운 경지가 아니었다. 최소 광검지경 이상이 되어야 시도를 해볼 수 있는 방법으로 원영신(元靈身)을 이루고 그것을 자유자재로 사용할 수 있는 경지가 되어야 어느 정도 사용할 수 있는 방법일 것이었다.

지금 독고패의 수준으로는 설명해줘도 이해하기가 힘들 것이었다. 차라리 마법이라 생각하는 것이 마음이 편할지도 몰랐다.

"무공이라고? 무공으로 그… 그런 것이 가능 할리가…."

"무공이든 아니든 네 놈 따위가 어떻게 생각하는 가가 중요한 것이 아니지. 어쨌든 날 건든 대가는 네 놈과 연계된 모든 것에서 받아낼 테니 넌 이만 꺼져라."

꺼지라는 강민의 말에 섬뜩함을 느낀 독고패는 황급히 뒤쪽으로 몸을 날렸다. 단순히 지금 이 순간의 공격을 피하려는 것이 아니라 아예 도주를 생각하고 몸을 날린 것이었다.

벌써 독고패는 강민을 이길 생각은 접었다. 지금까지 보여준 무위만 하더라도 절대 그가 감당할 수 있는 수준이 아니었다.

일단 이곳을 탈출하면 임시 위원회의 개최를 요청한 후 위원회의 전력을 동원해서 강민을 쳐야겠다고 마음먹으며 독고패는 빠르게 전장을 이탈하려 하였다.

하지만 강민의 손이 유령처럼 독고패의 뒤를 따랐다. 다섯 손가락을 약간 씩 구부린 조(爪) 형태의 공격이었는데 독고패가 아무리 이리저리로 뛰어도 이 조는 독고패의 뒤를 따라왔다.

이 공격을 피하지 못한다면 도주도 요원하다는 생각에 독고패의 집중력이 극도로 올라가며 초월의 영역에 들어섰다.

검강지경의 초월의 영역은 검기지경의 그것과는 궤를 달리하였다. 검기지경의 초월의 영역에서는 생각과 움직임의 괴리가 컸는데 검강지경에서는 그 격차가 상당히 줄어있었다. 여전히 느렸지만 슬로우비디오와 같은 상태는 아니었고 약간 답답한 정도였다.

즉, 초월의 영역에서도 자신이 원하는 움직임을 보일 수 있다는 의미였다.

초월의 영역에 들어온 독고패는 수라보(修羅步)의 수라구변(修羅九變)을 통한 변화무쌍한 이동식과 수라섬보(修羅閃步)의 극단적인 신속함만을 강조한 이동방법을 조합하여 강민의 손가락을 뿌리치려고 하였다.

만일 일반인이 보았다면 번개와 같이 빠른 모습에 눈으로 쫓아갈 수도 없을 정도의 움직임이었다.

그러나 그런 긴급 회피기동과 같은 움직임에도 강민의 유령과 같은 손은 떨쳐낼 수 없었다.

'이익! 일단 여기서 탈출을 해야해! 그래야 기회가 생길 것이야! 좀 더 빨리 좀 더!'

극도로 높아진 독고패의 집중력에 수라격노로 폭발시킨 내력까지 더해서 독고패는 지금까지 보여주지 못했던 움직임을 보이기 시작했다.

이런 움직임을 보이는 자신조차 놀랄 정도로 신속하고 변화무쌍한 움직임이었다.

신출귀몰이라는 말이 어울릴 정도로 동에 번쩍 서에 번쩍하던 독고패는 강민의 손가락이 더 이상 자신을 따라 오지 못한다는 판단이 들자 수라섬보를 극도로 운용하여 이곳을 벗어나려 하였다.

드디어 벗어났다는 생각에 이제는 되었다는 회심의 미소를 지으며 다리에 내력을 더해나갔다.

퍼억!

그러나 그 순간 뭔가 터지는 소리와 함께 독고패는 마치 그물에 걸린 물고기처럼 허공에서 멈추어버렸다.

그렇게 멈추어버린 독고패의 뒤통수에는 강민의 다섯손가락이 흉험하게 파고들어 있었다.

"으 으…."

두개골까지 꿰뚫린 치명상이었지만 아직 독고패의 숨은 끊어지지 않았다. 엄청난 고통에 독고패는 차라리 자신의 숨이 끊어지긴 바랐겠지만, 강민이 말했듯이 독고패는 강민에게 줘야 할 것이 있었다.

강민은 독고패의 두개골을 뚫고 그의 뇌까지 도달해 있는 자신의 손가락에 서서히 마나를 주입하기 시작했다.

강민이 손가락에 마나를 불어넣는 것과 동시에 독고패의 몸은 감전이나 된 듯이 격렬하게 떨기 시작했다.

또한 아직 숨이 끊어지지 않은 독고패는 몸을 떨면서 엄청난 비명을 질러댔다.

"으악! 으아악! 아악!"

지금 강민은 단순히 고통을 주기 위해서 독고패의 뇌에 손가락을 박아 넣고 마나를 쏘아내는 것은 아니었다.

독고패의 뇌와 상단전을 장악함으로서 영혼과 신체에 새겨진 기억을 읽어내고 있는 것이었다.

독고패 그 자신조차 잊어버린 무의식에 잠든 기억까지 읽어내기 위해서는 뇌에 자극을 줄 필요가 있었는데, 그 자극은 사람이라면 버티기 힘든 지옥의 고통이었다.

이렇게 뇌를 직접 자극하여 기억을 얻어내는 방식은 강민이 좋아하지 않는, 정확히 말한다면 다소 꺼리는 방식이었지만, 강민을 제대로 자극한 독고패는 강민이 선호하지 않는 방식까지 사용하게 하였다.

사실 이 방식을 통해서 몇 사람의 인생을 읽어낸다면 차원이동을 해서 적응하는 것이 무척이나 간편할 것이었다. 인생 자체를 흡수하는 것이기 때문에 즉시 차원에서 활동할 수 있는 지식을 갖출 수 있는 괜찮은 방법이라 할 수 있었다.

하지만 강민은 이 방식을 거의 사용하지 않았다. 몇 가지 이유가 있었는데 먼저 이 방식으로 기억을 읽어낸다면 피시술자는 엄청난 고통을 겪을 수밖에 없었기 때문이었다.

뇌에 자극을 주어 모든 기억을 되살려내서 읽어내는 것이기에 대부분의 사람은 그 고통을 견디지 못하고 죽어버리는 경우가 더 많았다. 아무에게나 사용할 수 없다는 이야기였다.

물론 피시술자가 죽는 것이 문제라면 지금처럼 악인을 대상으로 하는 것으로 해결할 수 있을 문제였다.

악인의 기억을 읽어낸다면 망각을 모르는 강민의 기억 속에 악인의 인생이 남는다는 또 다른 소소한 문제가 있지만, 수만년을 살아온 강민에게 몇 십년, 길어야 백십수 년에 그치는 악인의 인생은 아무런 영향을 주지는 못하였 다.

그것조차 보기가 싫다하면 보기 싫은 악인의 기억만을 별도로 분류하여 봉인해버린다면 아무런 문제가 없을 수 있었다.

그렇기에 이런 문제는 강민이 이 방식을 싫어하는 근본 적인 이유는 아니었다.

강민이 이 수법을 선호하지 않는 주된 이유는 바로 강민 스스로가 이런 방식의 피해자였다는 사실 때문이었다.

강민이 최초 웜홀에 빠져 차원이동을 한 뒤 악룡 카이우 스에게 잡혔을 때, 카이우스는 수천년의 시간동안 강민의 신체에 무수히 많은 실험을 가했다.

그 실험 중에서는 뇌에다가 직접 시행했던 실험도 많이 있었다. 지금 강민이 사용하는 방식도 그 당시의 자신이 직접 겪었던 수법 중의 하나였다.

따라서 누구보다도 이 고통을 잘 안다 할 수 있었다. 그 리고 이 방법을 사용하면 당시 자신의 힘들었던 과거 상황 이 연상되었기 때문의 웬만해서는 의식적으로 사용하기를 꺼렸던 것이었다.

하지만 오늘의 독고패는 강민을 너무도 자극하였다. 자 신을 기만하고 가족을 노리는 만행을 저질렀기에 강민으

로 하여금 평소라면 사용하지 않았을 수법까지 사용하게
하였다.

"으아아악! 으아악!"

강민의 마나에 따라서 독고패의 비명은 계속 이어졌다.
벌써 독고패의 어린 시절부터 무공을 연마하던 청년기,
무림맹에 투신하여 활약하던 시절 등은 다 읽었고, 지금
은 중년이 지나 무림맹주가 된 이후의 기억을 읽고 있었
다.

몇 십초 지나지 않아서 독고패의 전반적인 인생을 대부
분 읽어내고 비교적 최근의 기억이 강민의 뇌리에 읽혀지
기 시작했다.

그 기억에는 독고패가 어떻게 강민을 기만해서 이곳까
지 왔는지의 상황이 적나라하게 드러나 있었다.

그 자신의 기억이기에 그 순간순간에 독고패가 어떠한
감정이었는지까지도 자세히 나타나 있었다.

'이런 방법이었군.'

독고패가 강민의 부재를 틈타 이곳까지 온 방식은 어찌
보면 너무도 간단했다. 우선 무림맹의 산하단체인 천하그
룹의 인공위성을 통해서 강민의 일거수일투족을 감시하는
것부터 시작되었다.

일반적인 인공위성이라 유리엘의 마나위성처럼 음성까
지 잡아내거나 건물 안을 투시하여 볼 수는 없었지만, 출

입국 기록 및 현지 탐문 등을 동시에 진행하여 충분히 강민의 행적을 따를 수 있었다.

천하그룹은 세계에서도 손꼽히는 거대 재벌 그룹으로, 건설, 기계, 화학 등의 일반적인 사업영역부터 우주개발 및 방위산업에 관련한 부분까지 전방위적 사업영역을 가지고 있는 기업체였다.

그런 거대 기업인지라 그룹의 자체적인 인공위성 망도 가지고 있었고, 상급기관인 무림맹은 당연히 그것을 자유자재로 사용할 수 있었다.

그렇게 인공위성을 통해서 강민과 그 가족들을 실시간으로 감시하고 있던 무림맹은 갑작스러운 강민의 순간이동을 포착했다.

실내에서 했다면 알아차릴 수 없었을 것이나 이번의 순간이동은 야외에서 일어났기에 포착할 수 있었던 것이었다. 물론 사라진 것을 포착한 것이지 어디에 나타났는지는 알 수가 없었다.

사실 강민이 사라지는 순간을 목격한 것이 그 때가 처음도 아니었다. 위성으로 감시한 이례로 강민은 몇 차례 야외에서 순간이동을 한 적이 있었는데, 그 때마다 어디로 갔는지 알 수 없어 다시 나타날 때까지 닭 쫓던 개가 지붕을 바라보는 것처럼 기다려야만 했었다.

그래서 이번에도 그런 상황을 생각하고 있었는데, 때마

침 구양풍의 신호가 왔다.

그 신호는 자신의 위치를 확인해달라는 긴급신호였다. 보통은 긴급한 지원을 요청할 때 사용되는 신호기이기에 황급히 위성으로 확인해보니 구양풍이 있는 자리에 강민이 나타났던 것이었다.

보통은 지원을 요청하는 신호기였지만 당시 구양풍이 신호기를 사용한 것은 그런 이유는 아니었다.

구양풍은 독고패의 의도를 너무 잘 알고 있었다. 애초에 자신에게 내린 임무자체가 강민을 압박할 수 있는 건수를 잡는 것이기에 당시 강민이 가족과 떨어진 상황이 강민의 가족을 잡을 수 있는 절호의 기회라 판단하고 신호기를 사용한 것이었다.

물론 그리되면 강민의 분노를 산 구양풍은 살아남기 힘들 수 있었다. 하지만 독고패의 충실한 심복이었던 그는 애초에 독고패를 위해서 목숨까지 바칠 생각을 하고 있었다.

자신이 시간을 끌어준다면 뒤늦게 사실을 알게 된 강민이 자신을 놓아두고 돌아갈 수도 있을 것이라는 일말을 기대는 했지만 기본적으로는 죽음을 각오하고 한 행동이었다.

어쨌든 독고패 역시 그런 구양풍의 의도를 읽고 바로 행동에 들어갔었다. 중간에 하극도를 만나 동행한 것은 다소 의외의 일이었지만, 한 치의 시간낭비도 없이 즉각 세부로 이동하기 위한 조치를 취하였다.

베이징에서 마닐라로 이어진 공간이동 마법진을 사용하는 것은 물론, 마닐라에서 바로 세부로 이동하기 위해서 마장까지 동행하였다.

마장은 무림맹에서 시도한 마법사 육성 프로젝트의 첫 결과물과도 같은 마법사였다.

오래전부터 마법사의 필요성을 느낀 무림맹은 올림포스에 무공을 배울 수 있는 기회를 제공하는 대가로 자신들을 마법을 배울 수 있는 기회를 제공받는 협약을 체결하였다.

그 협약을 통해서 마법을 배운 마법사들이 몇 명 더 있었지만 7서클 마스터에 오른 것은 마장이 유일하다고 할 수 있었다.

비록 강민의 강기공격에 허무하게 죽어버렸지만 독고패 일행을 순식간에 세부로 데려온 것만 하더라도 그의 임무는 다 했다고 할 수 있었다.

그렇게 세부로 도착한 독고패 일행의 이 후 행적은 나중에 최강훈과 엘리아 등에게 물어도 모두 알 수 있는 일들이었다.

하지만 강민은 이왕 본 김에 그 때의 상황까지 같이 살펴보았다.

"누구냐!"

최강훈은 갑작스럽게 느껴진 이질적인 마나유동에 경계하며 외쳤다. 유리엘의 자연스러운 마나유동과는 질적으로 떨어지는 마나유동이었고, 살짝 느껴지는 마나에서 적대감마저 느껴졌기에 그의 경계는 당연한 일이었다.

마나유동이 끝난 곳에는 6명의 사람이 나타나 있었다. 마법사 복장을 입은 한 명을 제외하고는 모두가 중국 전통의 무복을 입고 있었기에 중국에서 온 사람임을 알 수 있었다.

그 중 부리부리한 눈을 가진 독고패가 최강훈과 뒤쪽에 있는 일행들을 한 번 슥하고 바라보더니 입을 열었다. 최강훈의 질문과는 무관한 말이었다.

"이곳이 맞군. 수고했다. 마장."

"수고라 할 것이 뭐 있겠습니까? 맹주님."

독고패의 치하에 마장은 기뻐하면서도 그 내색을 하지 않으려 애쓰면서 대답하였다. 그렇게 마장을 한 번 바라본 독고패는 이어서 뒤에 있던 사천왕들에게 명령을 내렸다.

"어서 잡아라! 퍼니셔가 돌아오기 전까지 저들의 신병을 확보해야 할 것이야. 저기 퍼니셔의 가족들을 제외하고 다른 놈들은 반항하면 죽여도 좋다!"

독고패의 명령에 사천왕들은 신속하게 최강훈 및 강민의 가족에게 달려 들어갔다.

그렇게 달려오는 사천왕을 목격한 엘리아는 아직 이들의 등장을 눈치 채지 못하고 있는 한미애와 강서영이 눈앞에서 벌어지는 전투에 충격을 받지 않게 하기위해서 잠재우려고 마음을 먹었다.

둘이 가진 마법기가 어떤 역할을 하는지 모르는 엘리아로서는 당연한 조치였는데, 결과적으로 보아도 일반인에 가까운 둘이 피가 튀기는 전투를 보지 않은 것은 둘의 정신을 지킬 수 있는 나쁘지 않은 선택이었다.

어쨌든 엘리아는 한미아와 강서영에게 긴장이완 마법과 수면 유도마법을 펼쳐서 잠재운 다음 소리를 막는 차음(遮音) 결계를 펼쳐서 둘이 깨지 않도록 조치하였다.

사천왕들이 적대감을 숨기지 않은 채 최강훈 등에게 접근하자, 그들이 적임을 분명히 인지한 최강훈과 정시아 역시 그들과 맞서 싸울 태세를 취하였다.

다만, 맞서 싸우려는 마음은 먹었지만 최강훈의 표정은 무척이나 어두웠다.

지금 달려드는 세 명만 하더라도 마스터의 경지에 오른 것이 분명하였고, 마법사를 제외하더라도 뒤쪽에 있는 다른 두 명은 마스터의 경지조차 뛰어넘은 것처럼 보였기 때문이었다. 정면으로 상대한다면 자신들의 패배가 불 보듯 뻔한 상황이었다.

'형님과 누님이 오실 때까지 시간을 끄는 것만 생각해야겠어.'

그렇게 생각을 하며 엘리아와 정시아에게도 그런 내용의 전음을 날렸고, 그의 전음을 들은 둘은 고개를 끄덕이며 최강훈의 말에 동의를 표했다.

뒤쪽에 있는 노인과 중년인의 전력을 파악할 수 없는 이상 시간을 끄는 것이 최선이었기 때문이었다.

일단 가장 앞서서 달려오는 검왕 남궁백은 최강훈이, 도왕은 엘리아가 마지막으로 장왕은 정시아가 상대하는 것으로 서로간의 암묵적인 합의가 이루어졌다.

각자의 상대는 정해졌지만 최강훈이 정시아를 보는 눈에는 걱정이 가득하였다. 최강훈이나 엘리아는 이미 마스터의 경지에 올라서 각자의 상대와 대결하는 것에 나름 자신감이 있었는데 정시아는 아직 마스터에 오르지 못했기에 장왕을 상대할 수 있을까라는 의구심이 들었기 때문이었다.

그러나 지금 상황에서는 어쩔 수 없었다. 최대한 자신이 빨리 상대를 해치우고 정시아를 도와줘야겠다고 마음먹으며 최강훈은 달려오는 검왕을 기다리지 않고 자신 역시 앞으로 뛰어 나가며 환도를 뽑아 들었다.

아직 젊어 보이는 최강훈이 자신에게 도를 뽑아들고 뛰

어오자 남궁백은 흥미롭다는 표정으로 더 이상 달려가지 않고 제자리에 선 뒤 창천검의 기수식 창천배례(蒼天拜禮)를 펼쳤다.

창천배례는 평범한 세로베기의 초식이었는데 검기가 이글거리는 남궁백의 애검 창천을 보았다면 평범하다고 말하기는 힘든 검초였다.

최강훈 역시 기세를 빼앗기지 않기 위하여 자신의 환도에 도기를 발현하여 황룡승천의 식으로 남궁백의 검세를 맞받아쳤다.

콰~앙!

검기와 도기의 충돌은 역시나 엄청난 폭음을 터트렸고 이 폭음이 신호탄이나 된 듯 엘리아와 정시아도 각자 대결에 돌입하였다.

이미 8서클의 마법사인 엘리아는 상대적으로 쉽게 도왕을 상대하고 있었다. 최강훈과 대련을 통해서 무인에 대한 대응도 익숙하였기에 그녀보다 마나량조차 적은 도왕을 상대하는 것이 어렵지는 않았다.

하지만 최강훈의 생각대로 정시아가 문제였다. 그녀 스스로는 A+급의 능력에 뱀파이어 종족의 각성기인 진혈까지 깨운다면 마스터 하나 쯤은 상대할 수 있을 것이라 내심 생각하였지만 마스터와 마스터가 아닌 자 사이의 간극은 그녀의 생각보다 훨씬 컸다.

처음에는 정시아가 우세를 잡는 듯 보였다. 그녀의 빠른 스피드를 장왕이 따라오지 못하는 느낌이 들었기 때문이었다.

전투에 들어가기 전에 이미 진혈을 일깨워 놓아서 그녀의 스피드는 웬만한 마스터급 보다 빠른 속도라 해도 과언이 아니었다.

그래서 정시아는 파상공세를 펼치며 빨리 장왕을 잡으려고 하였는데, 마스터는 마스터였다.

그녀의 팔을 스치듯 지나간 풍뢰장의 파편에 한 쪽 팔이 날아갈 뻔한 뒤로 정시아는 장왕의 장공(掌功)을 극도로 경계하며, 파상공격보다는 속도로 장왕을 혼란스럽게 하여 일격필살의 공격으로 제압하고자 하였다.

한참동안 빠른 속도로 장왕의 사방을 노리면서 그에게 몇 번의 유효타격을 넣자 자신감이 붙은 정시아는 자신이 마스터를 잡았다는 생각까지 들었다.

아무리 마스터의 내구력을 갖고 있다하더라도 가랑비에 옷 젖는다고 이런 식의 유효타가 계속 이어진다면 장왕은 버티기 힘들 것이라고 정시아는 판단하였다.

그러나 장왕은 마스터였고 정시아는 아니었다. 무공을 익힌 마스터는 몇몇 경우를 제외하고는 대부분 초월의 영역이라는 비기가 있었다.

초월의 영역에 들어가 보지 못한 정시아는 단순히 조금

더 빨라지는 정도로 그 경지를 이해하고 있었는데, 그 착각이 정시아를 전투불능으로 만들어버렸다.

퍽! 퍽! 퍼억!

고속이동하던 정시아는 세 번의 타격 소리와 함께 온 몸이 만신창이가 된 채로 강서영이 잠들어 있는 곳까지 튕겨나 버렸다. 제대로 자세조차 잡지 못하고 바닥에 뒹군 것을 보니 한방에 의식까지 잃어버린 것이 분명하였다.

여태껏 장왕은 정시아의 고속이동에 반응하지 못하고 있는 것이 아니었다. 전투가 시작된 지 얼마 지나지 않아 초월의 영역에 들어간 장왕은 그녀의 공격을 상당수 피할 수 있었음에도 피하지 않고 일격필살(一擊必殺)의 한방을 기다렸던 것뿐이었다.

그리고 타이밍이 맞았을 때 풍뢰장의 연환삼식을 펼쳐서 그녀를 한방에 잡은 것이었다.

남궁백과 대결을 하던 최강훈은 정시아가 당하는 소리를 듣고 순간적으로 뒤쪽을 돌아보았다.

그 곳에는 한방에 정시아를 전투불능으로 만든 장왕이 음산한 웃음소리를 내며 정시아를 완전히 끝장내고, 잠들어 있는 한미애와 강서영을 생포하기 위해서 천천히 걸어가는 모습이 보였다.

'안 돼! 일단 서영누나와 시아를 구하러 가야겠어!'

남궁백은 분명 최강훈보다 한수 위의 상대였다. 그렇기

에 최강훈은 지금껏 신중한 자세로 일격 일격의 공격과 방어를 하고 있었는데 정시아가 쓰러지면서 더 이상 그런 신중함을 보일 시간이 없었다.

다급해진 최강훈은 신속하게 마나를 돌려 초월의 영역에 들어간 후 자신이 알고 있는 가장 강한 무공을 펼쳐나가기 시작했다.

마스터에 오른 이후에야 연무를 시작하여 최근에 와서야 어느 정도 성취를 본 은하검결(銀河劍訣)이었다.

최강훈은 은하도도(銀河滔滔)의 은빛 물결을 시작으로 은하명멸, 은하개벽까지 연달아 절초를 뿌리면서 남궁백을 떨쳐내려 하였다.

하지만 남궁백은 이미 검기지경의 끝 부분에 다다른 강자였다. 기회만 된다면 검강지경도 엿볼 수 있을 정도로 높은 무공의 소유자이기에 최강훈의 절초에도 크게 흔들리지 않았다.

처음에는 다소 손발이 어지러워지며 약간 흔들리는 것 같았지만 금세 은하검결을 흘려내고 받아치는 등 종전의 모습을 찾아갔다.

이에 최강훈은 좀 더 강한 검격을 뿌려냈지만 여전히 남궁백은 철벽과도 같은 방어를 하며 최강훈의 검격을 받아냈다. 그러면서 아직은 완숙하지 않은 은하검결의 사이사이로 날카로운 검초를 집어넣었는데 그 때마다 최강훈의 검세는 크게 흔들렸다.

아직은 남궁백이 최강훈보다 우위에 서 있다는 것이 확연히 드러나는 상황이었다.

그 때 갑자기 뒤쪽에서 독고패의 목소리가 들려왔다.

"그렇게 끌 시간이 없다! 퍼니셔가 오기 전에 이놈들을 다 잡아야 한단 말이다. 너는 도왕과 같이 저년을 잡아라. 이놈은 내가 처리할테니 말이야."

"그러지요."

남궁백은 독고패의 지시가 그다지 마음에 안 드는지 자리를 내어주면서 다소 불손해 보이는 어투로 말했지만, 독고패는 별다른 말을 하지 않고 최강훈 앞에 섰다.

"어린 나이에 꽤나 훌륭한 무공과 경지지만 그래봤자 거기까지다. 인질들이 많으니 네 놈 정도는 목숨을 끊어놔야 누가 칼자루를 쥐었는지 퍼니셔가 알 수 있겠지?"

질문과 같은 독백으로 말을 마친 독고패는 가볍게 손을 내질렀는데, 가벼운 손놀림과는 달리 독고패의 손에는 가공할 만한 회전하는 강기가 서려있었다.

독고패는 수라파천장의 절초 중에서도 검강지경이 아니라면 보고도 피하기 힘든 수라와선장(修羅渦旋掌)을 펼쳐낸 것이었다.

수라와선장은 그리 빠른 공격은 아니었지만 회전하는 강기가 기이한 흡인력(吸引力)을 만들어내서 피하는 것이 막는 것보다 월등히 힘든 장공이었다.

당연히 수라와선장을 처음 보는 최강훈은 처음에는 몸을 피하려 하였는데 기이한 흡인력에 피할 타이밍을 놓쳤고, 결국 전방에 호신막을 펼쳐 막아내기로 마음을 먹었다.

콰앙!

하지만 수라와선장은 강기지경의 무공이었다. 아직 검강을 시전하지 못하는 최강훈이 감당하기 힘든 공격이었다.

수라와선장에 직격 당한 최강훈은 폭음과 함께 십여장을 뒤로 튕겨나갔다. 팔다리가 이상하게 꺾인채 바닥을 구르는 것을 보니 최강훈 역시 정시아처럼 일격에 의식을 잃어버린 것 같았다.

단전 부위가 시커멓게 타버리고 호흡마저 미약해지는 것이 정시아보다 더 심각한 상황인 것처럼 보였다.

최강훈이 처음부터 전력을 다했다면 이렇게 한방에 나가떨어지지 않았을 것이지만, 독고패의 일격이 일종의 탐색용 무공이라 생각하고 나중을 위해서 여력을 남겨둔 것이 최강훈의 패착이었다.

별 것 아닌 공격처럼 손쉽게 수라와선장을 시전한 독고패였지만 사실 한 방에 끝내기 위해서 평소에 사용하는 내력보다 더 강한 내력을 사용하여 공격을 한 것이었다.

경험이 부족한 최강훈은 그것을 미처 파악하지 못하고 정면으로 막았다가 이렇게 된 것이었다.

물론 전력을 다했다 하더라도 그리 오래 버티기는 힘들었겠지만, 그래도 시간은 끈다는 최초의 목적을 생각한다면 차라리 처음부터 전력을 다하는 것이 나았으리라.

최강훈까지 의식을 잃은 채 바닥을 나뒹구는 것을 본 엘리아는 지금 상대하는 도왕을 화염폭발의 플레어 마법으로 크게 한 번 밀어낸 후 재빨리 최강훈을 수습하여 정시아와 강서영 등이 있는 후방으로 물러섰다.

아직 검왕이 채 합류하기 전이라 가능한 일이었다. 만일 검왕과 도왕이 합공을 했다면 그녀로서도 이런 여유를 내기는 힘들었을 것이었다.

최강훈을 수습한 엘리아는 목에 건 목걸이의 팬던트 부분을 뜯어내어 바닥에 꽂고 시동어를 외쳤다.

"디멘션 실드!"

유리엘에게 배운 새로운 마법체계와 그녀의 특기인 공간마법을 결합하여 만든 최초의 마법인 차원결계를 이용한 방어마법, 디멘션 실드였다.

아직 완성되지 않은 마법이라 도박을 한다는 심정으로 시전한 마법이었는데 그녀의 간절함이 통했는지 마법은 무리 없이 시전이 되었다.

'휴… 다행이다. 도박이 먹혔어. 이 마법이면 강민님과

유리님이 오실 때까지… 음?'

자신을 제외한 둘은 이미 전투 불능이 되었지만 디멘션 실드가 전개되며 일단 한숨 돌리려한 엘리아는 갑작스러운 충격에 실드가 흔들리는 것을 느낄 수 있었다. 엘리아는 알 수 없었지만 독고패의 강기공격이 들어온 것이었다.

공세는 허차원으로 전이 되었기에 폭음이나 파열음은 들리지 않았는데, 결계의 시전자인 엘리아는 분명히 결계의 흔들림을 느낄 수 있었다. 외부에서 결계의 허용한도를 능가하는 충격이 가해진 것이었다.

'이런 공격이 계속 들어온다면 결계가 무너진다. 안 돼. 결계를 직접 운영해야겠어.'

이 정도 충격이면 결계가 오래 버티지 못할 것이라 판단한 엘리아는 자신의 마나를 결계의 마나와 직접 연동시키기로 마음먹었다.

이 방식은 결계를 효율적으로 컨트롤하며 유지시킬 수 있다는 장점이 있는 반면, 결계의 충격이 자신에게도 전이된다는 단점이 있었다.

특히, 결계가 한도 이상의 충격을 받는다면 그녀에게도 막대한 충격이 가해질 수 있었다.

하지만 엘리아는 선택의 여지가 없었다. 결계가 깨어진다면 모두의 생명이 위험할 수도 있었다. 굳게 입술을 깨문 엘리아는 마나를 운용하여 결계에 적극적으로 마나를 주입하기 시작했다.

아니나 다를까 외부에서 수차례의 공격이 가해졌고 그때마다 엘리아의 입에서는 붉은 선혈이 새어나왔다.

옆에서 최강훈의 숨소리가 작아지며 생명 반응이 작아지는 것이 보였지만 그에게 치유마법 하나 펼쳐줄 여유가 없었다. 결계를 유지하는 것만으로도 버거웠기 때문이었다.

잠시라도 결계에서 손을 뗀다면 결계는 그 순간 무너져 버릴 것이기에 엘리아는 옆에 있는 최강훈이 죽어가는 것을 바라볼 수밖에 없었다.

화아아악!

그 순간 최강훈의 단전에서 기이한 마나가 나타나더니 순식간에 그의 몸을 안정화 시켰다. 강민의 잔류마나가 발현된 것이었다.

그 마나에 최강훈은 완전히 치유 된 것까지는 아니지만 고비는 넘겼다고 할 수 있는 상황까지는 회복이 되었다.

'휴… 다행이다. 그런데 두 분이 오실 때까지 내가 버틸 수 있을까?'

최강훈이 살아난 것은 다행이었지만 아직 위기가 끝난 것은 아니었기에 엘리아의 걱정이 끝난 것은 아니었다.

그 걱정처럼 더 큰 외부의 충격이 지속적으로 결계에 가해졌고 어느 순간 엘리아는 의식을 잃고 쓰러졌다.

그리고 그 때 강민이 나타난 것이었다.

❖

'이렇게 된 것이군.'

독고패의 기억을 다 읽어서 상황을 완전히 파악한 강민은 최강훈, 정시아 및 엘리아를 대견하다는 눈으로 바라보았다.

죽음을 각오하고 자신의 가족을 지키기 위해서 분투한 것을 알 수 있었기 때문이었다.

그렇게 따뜻한 눈빛으로 그들을 바라보던 강민은 이제 필요한 것은 다 파악했기에 손가락에 마나를 돋워 독고패의 뇌를 곤죽으로 만들어 버렸다.

무림맹이라는 거대 집단을 수십년간 이끈 수장에게 어울리지 않는 비참한 최후였다.

독고패가 죽은 직후 마나유동이 발생하더니 유리엘이 나타났다. 유리엘은 주변을 빠르게 훑어본 후 상황을 파악하고는 강민에게 말을 건넸다.

"벌써 다 처리했네요. 그런데 저 자국은… 그걸 사용한 거에요?"

"그래, 웬만하면 하지 않으려 했는데. 더 이상 놔두긴 그렇더라고. 어차피 이 방법이 위원회에 대한 정보를 가장 쉽게 얻을 수 있는 방법이고."

"그렇지만 별로 좋아하지, 아니 좀 싫어하는 방법이었잖아요."

강민에 대한 모든 것을 알고 있는 유리엘은 이 방법이 강민이 싫어하는 방법인 것 역시 알고 있었다. 그렇기에 의아해 하며 다시 말했다.

"그렇지. 가끔은 오물이 튀는 것을 알면서도 해야 할 일들이 있잖아? 뭐 그런 거야. 신경 쓰지 마."

"그래요. 그런 일들이 있지요."

유리엘은 대답하면서도 위원회 위원들의 명복을 빌었다. 강민이 이렇게까지 나온다는 것은 정말 그들을 철저히 처리하겠다는 의지의 표현이었기 때문이었다.

강민과 짧은 대화를 마친 유리엘은 아직까지 의식을 차리 못하고 있는 최강훈, 정시아 그리고 엘리아에게 회복마법을 펼쳤다.

이미 강민이 심각한 상태를 면하도록 해놓았기에 그들의 내외부는 유리엘의 마법에 따라서 빠르게 치료되어갔다.

그녀가 일행을 치료하는 동안 강민은 정보의 통제와 조작을 요구하기 위하여 벤자민에게 연락하였다.

필리핀이 그리 선진화 된 국가는 아니었지만 세부는 외국 관광객이 많이 오는 지역이다보니 치안 관리가 그나마 잘 되고 있는 편에 속한 곳이었다.

이런 곳에서 엄청난 폭발음이 연달아 발생하였고 상당한 인적 물적 피해가 발생하였기에 공권력이 개입하거나 언론에 노출이 되는 것은 시간 문제였다. 그렇기에 윗선을 통한 정보 통제가 필요한 것이었다.

[강회장님, 어쩐 일이십니까?]

강민의 수하가 된 벤자민은 처음에는 마스터라는 칭호를 썼지만, 강민의 지시에 따라서 지금은 강회장이라는 직함으로 강민을 부르고 있었다.

"세부에서 일이 생겼다. 이 곳 정부와 접촉하여 정보 관제를 하도록."

[세부라면⋯ 필리핀이군요. 무슨 일인지 알 수 있겠습니까?]

"독고패가 찾아왔지. 그래서 죽였다. 그 와중에 이 곳에 피해가 생겼고."

전후 맥락 없는 말이었지만 그 안에 하고 싶은 말은 다 담겨 있었다. 그리고 그 말을 들은 벤자민은 놀랄 수밖에 없었다.

[도⋯ 독고패라면 무림맹주 말씀입니까?]

"그래. 그 놈 말이야."

자신을 기만하고 가족까지 위협한 독고패이기에 강민에게서 고운 말이 나올 리가 없었다.

[허… 그 독고패를….]

독고패를 대면한 적이 있는 벤자민은 그가 얼마만큼의 강자였는지 잘 알고 있었다. 아니 독고패보다 낮은 경지의 벤자민이었으니 아마 독고패는 그가 아는 것보다 훨씬 더 강했을 가능성이 높았다.

그런 독고패를 아무런 피해 없이 해치웠다고 하는 것을 보니 벤자민은 새삼 강민의 무력이 대단함을 깨달을 수 있었다.

그러면서 자신이 강민을 선택한 것이 잘한 판단이었다고 내심 안도의 한숨을 내쉬었다.

"뭘 그리 놀라? 내가 위원회를 처리해 준다고 했지 않나."

[그… 그렇지요. 하지만… 아… 아닙니다.]

벤자민은 강민에게서 위원회를 처리할 것이라는 언급은 이미 들었지만 아마 그 시작은 쇼군과 같은 일반 위원이 될 것이라고 생각했다.

독고패와 같은 강자가 그 첫 타겟이 될 것이라 생각은 하지 못하고 있었기에 벤자민의 놀라움이 컸던 것이었다.

"어쨌든 그 놈을 처리하면서 이 곳이 좀 시끄러워졌으니까 알아서 좀 처리해줘."

[그… 그렇군요. 알겠습니다. 필리핀 지부에 연락해서 확실하게 정보 관제를 하도록 할테니 맡겨주십시오.]

사회적 지위가 있는 수하가 있다는 것은 이런 점에서 매우 편리하였다. 힘만 놓고 본다면 여기 엘리아보다도 약할 벤자민이었지만, 이능세계에서 유니온은 위원회를 제외한다면 절대적인 힘을 발휘하고 있었다.

뒤처리도 끝나고 어느 정도 상황이 수습된 것 같자 유리엘이 강민에게 말을 건넸다.

"위원회 녀석들을 더 이상 놓아두기 힘들겠네요. 이런 짓까지 벌이다니 말이에요."

"그래, 차원 통합 때문에 두고 보고 있었는데 제 무덤을 파는군. 그런데, 유리. 전에 말한 것은 얼마나 진행되었어?"

뜬금없는 질문이었지만 유리엘은 강민의 의도를 금방 알아차렸다.

"말한 것이라면… 이 기초체력을 키우는 일을 말이죠?"

"그래. 위원회 녀석들을 처리해야 하겠지만 지금 무작정 다 쓸어버린다면 나중에 수습하는 것이 더 힘들어질 수도 있을 것 같아서 말이야. 유리의 구상의 어느 정도 구체화 되었으면 그 방법을 시행하고 저 거슬리는 위원회 녀석들을 지워버려야겠어."

"음… 그 방법은 시간이 좀 걸리는데 어쩌죠? 시스템 완성만 최소 1년에서 최대 3년 정도는 잡고 있었어요. 마나장 통합 전까지 완성한다는 계획이었는데 말이죠."

유리엘의 능력으로 1년에서 3년을 본다고 말하니 강민은 의아해했다. 누구보다도 그녀의 능력을 잘 알고 있는 강민은 그녀가 그 정도 시간이 걸려서 만들어 낼 것이 궁금했기 때문이었다.

"그래? 도대체 무슨 방법이길래 그렇게 시간이 걸리는 거야? 마나 위성을 만드는 정도로 큰일인 거야?"

"그래요. 어쩌면 그것보다 더 큰 일일 수도 있지요. 그나마 마나위성을 다 깔아놓았으니 그 정도 시간을 말한 거에요."

행성 전부를 포괄하는 마나 위성을 더 만드는 것은 정말 대역사(大役事)라 할 수 있을 정도의 일이었다. 더군다나 그것을 혼자서 하였다는 것은 그녀를 제외하고는 누구도 이루지 못할 위업이었다.

그런데 지금 유리엘은 그것보다 더 힘들 수도 있는 일이라고 말하고 있는 것이었다.

"그보다 큰일이라. 점점 더 기대되는데? 그렇다면 지금 위원회를 모두 처리하는 것은 너무 시기상조일까?"

"아무래도 전부를 다 처리하는 것은 지금 상황에서는 조금 그렇죠. 우선은 머리라고 할 수 있는 의장만 처리하는 것이 어때요? 머리가 없다면 다시 이런 짓을 하긴 힘들 것 같은데 말이에요."

"그래 우선은 그렇게 해야겠네. 그럼 위원회의 의장인 올림포스의 메르딘은 처리해야 할 것이고… 아. 일루미나티의 아담까지는 처리하지."

"일루미나티라면 엘리아의 대적 말이군요."

"그래. 애초에 내가 퍼니셔인 것을 알린 것도 그 놈이더 군. 벤자민의 측근을 매수해서 알아냈다더라고."

강민은 독고패의 기억을 읽었기에 위원회 위원들의 이름이나 회의에서 나눴던 대화들에 대해서 모두 알고 있었 다.

하지만 유리엘은 아직 그에 대한 정보는 없었기에 강민은 필요한 정보를 간략히 추려서 그녀에게 설명해 주었다.

"그런 것이었군요. 어쩐지 그들이 갑자기 우리 정체를 파악한 것 같더라니."

"그래. 어쨌든 일단 그 두 놈만 처리하고 나머지는 유리의 시스템이 완비되고 나면 처리하지. 그런데 도대체 어떤 시스템이야? 여전히 감이 안 잡히는데?"

"호호호. 분명히 민도 재미있어 할 거에요. 3개월만 시간을 줘요."

"3개월? 방금 전에 최소 1년에서 3년이라면서?"

"시간이 그리 넉넉하지 않으니까 일단 사소한 오류는

시작한 뒤에 수정하는 것으로 하고 시작하는 것에만 초점을 두고 진행한다면 그 정도면 될 것 같아요."

"그래? 그 정도면 충분히 기다릴 수 있지. 기대할게."

"기대해도 좋을 거에요. 호호호.

잠시나마 웃었던 유리엘은 회복은 끝났지만 아직 잠에서 깨어나지 않은 최강훈 등을 잠시 바라보다가 뭔가를 생각하는 듯해 보였고, 유리엘의 그런 표정을 본 강민이 당연히 그녀에게 질문을 던졌다.

"유리, 왜 그래?"

"애들이 이번에 많이 고생한 것 같네요. 셋 다 거의 죽을 뻔하기도 했구요."

"그러게 말이야.

"그래서 말인데 이들에게 생존 마법기를 하나씩 주는 건 어때요?"

이것이 유리엘이 생각하던 것이었다. 하지만 강민은 그녀의 말에 반문으로 대답하였다.

"생존 마법기? 그걸 줬다가는 전처럼 되지 않겠어?"

과거 차원여행의 초반에 수하를 만들었을 때는, 전쟁에서 목숨을 잃는 일을 방지하기 위해 주요 수하들에게 유리엘이 만든 생존 마법기를 지급하여 주었다.

한미애나 강서영에게 준 것 같은 그런 최고급 마법기는 아니었고, 단지 일정이상의 상처를 입어 생명이 위태로운 경우 자동 치유를 해주고, 감당하기 힘든 공격 앞에서 한 번의 방어막을 형성해주는 정도의 마법기였다.

물론 이 정도만 해도 보통의 마법사들이 만들 수 있는 수준을 넘어서는 마법기라 할 수 있었다.

처음에는 이 마법기를 받는 수하들은 죽음을 두려워 할 필요가 없어서 더 용맹하게 싸웠다. 하지만 점차 문제점이 드러났다. 목숨을 잃을 염려가 없다보니, 그들의 생존감각이 무뎌지기 시작했던 것이었다.

전장에서의 생존감각은 무엇보다도 중요했다. 그리고 그런 생존 감각이 마나에 대한 감각으로 이어져서 깨달음을 얻어 마스터에 이르는 경우도 종종 있었다.

하지만 생존 마법기 덕분에 죽음에 대한 두려움이 어느 정도 가시게 되자 수하들의 정신은 점점 마법기를 받기 전처럼 날카롭게 서 있지 않게 되었다.

실전에서 그런 나태한 감정은 죽음이나 패배와 같은 말이었다. 시일이 흘러 그렇게 타성에 젖게 되자 전력이 압서는 전투에서는 압도적으로 이기나, 박빙의 전투에서는 계속 패배를 하게 되는 일이 잦아졌다.

승부처는 박빙의 전투에서 좌우되는 경우가 많았기에 그런 전투에서의 패배는 단순히 한 번 패한 것을 넘어서는 큰 패배였다.

결국 작은 전투에서는 이기나 큰 전투에서 지는 패턴이

이어지면서 점차 수하들은 세력을 잃어갔다.

사실 강민이나 유리엘이 나서면 한 순간에 모든 적을 평정할 수 있었지만, 그렇게 한다면 수하들을 만든 의미가 없었다. 당시 그 차원에서의 행동양식은 [암중지배]였기에 직접 나서지 않고 수하들을 통해서 해결하려 하였다.

반면, 수하들은 계속 강민과 유리엘에게 의존하는 것이 강해졌고, 그에 실망한 강민은 마지막으로 생존 마법기를 압수하여 승부처가 되는 전장으로 보냈다.

역시나 수하들은 전투에서 밀렸다. 이미 타성에 젖어 버렸기 때문이었다. 그러나 수하들은 그래도 강민이나 유리엘이 구해줄 것으로 믿고 전쟁을 하다가 결국은 대부분 목숨을 잃고 말았었다.

그 때 사건 이후로 수하들에게 생존 마법기를 제공한 적은 없었다. 이 차원으로 와서 한미애와 강서영에게 그런 마법기를 준 것은 단지 수하가 아니라 가족이었고, 가족들은 치열한 수련을 행할 전투인력이 아니라 비전투 인원이었기 때문이었다.

이처럼 인간의 정신은 상황에 따라서 천차만별로 변할 수 있다. 목숨이 경각에 달린 상황에서는 정련된 칼처럼 날카롭다가도, 나태해도 되는 상황에서는 위에서 언급한 것처럼 한없이 무디어져 나무젓가락만도 못한 상황이 될 수도 있다.

지금 강민이 전처럼 이라고 말하는 것은 이걸 말하는 것이었다. 최강훈이나 정시아, 엘리아 역시 어떤 상황이든 죽을 염려가 없다고 생각하면 그들처럼 되지 않는다는 보장은 못하는 것이기 때문이었다.

"그걸 생각하지 않은 것은 아닌데 지금까지 보아온 바로는 이들은 마법기 하나 정도로 그렇게 될 것 같진 않아요. 그리고 목숨만을 살린다는 생각으로 마법기가 작동하는 트리거를 심각한 상황으로 설정하면 정말 긴급한 상황에서나 발동하겠죠. 그 정도면 되지 않을까요?"

"단지 그 정도라면 내가 잔류마나를 남기는 것으로 충분하지 않을까? 이번에도 강훈이는 잔류마나가 남아 있어서 그렇게 살아남았잖아."

"그렇긴 하지만 앞으로 마나장이 통합되고 그러면 흉험한 전투들이 많을 텐데 한 번 정도 더 여지를 주고 싶어서요. 서영이를 과부 만들 수는 없잖아요. 호호."

아직 결혼하지 않아 과부라는 말은 맞지 않지만 유리엘은 우스개소리를 덧붙여 강민에게 말했다. 유리엘의 말에 강민도 고개를 끄덕이며 말했다.

"흐음… 하긴 이번에도 거의 죽을 뻔했지."

"그러니까 말이에요."

당시 최강훈은 강민의 잔류마나가 활성화 되어 생명을

구할 수는 있었지만, 엘리아의 마법 결계가 없었다면 그리고 그 상태에서 추가적인 공격이 들어왔다면 아마 살아남기가 힘들었을 수도 있었다.

그런 생각이 들자 강민 역시 유리엘의 의견에 찬성하였다.

"그래. 그럼 굳이 마법기에 대해서 알리지는 말고 지금 통역 마법기에 기능을 추가하는 식으로 하지. 엘리아는 그게 없으니까 다른 명목으로 하나 만들어주고."

"그렇게 할게요. 서영이나 어머님이 충격 받을 것을 생각한 것도 있지만, 나도 그리 오래 지낸 것도 아닌데 이 녀석들의 귀여운 모습에 정이 들었는지 애네들이 죽는다고 생각하니 아쉽다는 생각이 들어서요."

귀여운 모습이라는 말이 재미있었는지 강민이 웃으면서 대답했다.

"하하하. 귀여운 녀석들이긴 하지."

"그렇죠? 특히 강훈이의 쓸데없이 진지한 모습도 귀엽고, 시아의 애교있는 모습도 귀엽네요. 엘리아는…."

유리엘이 엘리아 부분에서 멈추자 강민이 그녀의 말을 받았다.

"엘리아는 옛 생각이 나게 하잖아."

과거 일족의 잔재를 이은 엘리아를 보면 유리엘은 가끔 그 때의 기억을 떠올리고는 했다. 강민은 이 점을 짚었던 것이었다.

"그렇죠. 예전 생각이 나서 가끔 아련해지는 느낌이 있지요."

"이번 차원에서의 일이 끝나면 처음 우리가 만났던 그곳도 한번 가보자."

"거기는… 민에게 안 좋은 기억이 많잖아요."

수천년간의 신체적 정신적 실험, 아니 고문을 받아왔던 차원이기에 처음 그 차원은 강민에게는 안 좋은 기억을 넘어, 생각하기조차 싫은 끔찍한 기억이 남아 있는 곳이었다.

"안 좋은 기억이 많지. 하지만 유리를 만났다는 것 하나만으로도 모든 안 좋을 기억을 지워버릴 수 있을 만큼 의미 있는 곳이지."

강민에게 유리엘은 단순한 배우자를 넘어 영혼(靈魂)의 동반자이자 영원(永遠)의 동반자였다. 그런 사람을 만난 곳이니 안 좋은 기억들을 모두 묻어두고 갈 만한 가치가 있는 곳이었다.

"…그런가요? 하긴 내게도 그런 곳이니…."

"그래 우리에게 그런 곳이니 그런 고문 정도로 그 곳을 싫어할 필요가 없잖아."

강민의 말에 유리엘은 모두가 반할 것 같은 눈부신 미소를 지으며 대답했다.

"그래요. 다음에 가 봐요."

그런 유리엘을 바라보던 강민은 자석처럼 그녀에게 끌리듯 그녀에게 다가가 가만히 그녀를 안아주었다.

가만히 교감하는 둘에게 따스한 햇살이 내리 쬐었고 주위의 폐허 속에도 아름다운 둘의 모습은 마치 한 폭의 그림과도 같이 보였다.

〈7권에서 계속〉

"내 직업은 버퍼이기 전에, 강화사이기 전에"
요리사거든.
지독한 생활고에 시달리던 평범한 주방직원 임경묵
그런데 어느 날 각성을 한다?
각성자라고 해서 무조건 던전의 괴수와 싸워야 해?
이제의 몬스터를 재료 삼아,
이능을 무기 삼아 손끝으로 펼쳐내는 중화요리의 향연.
각성! 북경각
전남규 현대판타지 장편소설
MODERN FANTASY STORY
한낱 평범한 요리사가 이제는
한국 요리계의 전설이 되기 위해
비상을 시작한다!
※출판 일정에 따라 출간일은 변경될 수 있습니다.